**Mathew
Crawley**

Mathew Crawley

Die Geschichte eines Mörders?

Thriller

IMPRESSUM

© 2020 Dirk Jäger

www.facebook.com/DirkJaegerAutor

www.instagram.com/dirkjaegerautor

dj-autor@gmx.de

Zweite Auflage Mai 2021

Alle Rechte vorbehalten.

ISBN 978-3-752-89491-2

Korrektorat:
Katharina Pomorski

Coverdesign:
Ronny Altendorf, www.covertraeume.de
Unter Verwendung von Fotos von shutterstock.com
(HildaWeges Photography; happykanppy)

Herstellung und Verlag:
BoD – Books on Demand, Norderstedt

Bibliographische Information der Deutschen Nationalbibliothek:
Die Deutsche Nationalbibliothek verzeichnet diese Publikation in
der Deutschen Nationalbibliographie; detaillierte bibliographische
Daten sind im Internet über http://dnb.d-nb.de abrufbar.

Prolog

Der dumpfe Ton des sich entfachenden Feuers fühlte sich gut an. Ein flammender Schlag in die vielen Gesichter, die sie so sehr hatten leiden lassen. Es war das gleichzeitige Aufstoßen einer neuen und Zuschlagen einer alten Tür. Dieses Feuer sollte einen Schlussstrich ziehen. Die Seiten krümmten sich, als wollten sie die Vergangenheit in einem letzten verzweifelten Versuch wieder aufleben lassen. „Fuck You!" Heute begann ihr neues Leben. 900 Meilen entfernt am Arsch der Welt, den man Riverside nannte.

Das Leuchten des Scheiterhaufens im Rückspiegel wurde kleiner. Für einen Moment befürchtete sie, zu viel Benzin über die Bücher gegossen zu haben. *Niemals!* Sie mussten komplett verbrennen! Nichts - überhaupt nichts durfte übrig bleiben. Der Schein des Feuers verfolgte sie noch eine Weile, dann eine Kurve und die letzten Schatten der endenden Nacht verschluckten ihren Wagen auf der noch leeren Landstraße. – Kickdown.

Kaffee

2016

Hoffentlich können die hier besseren Kaffee kochen, dachte Kim, als sie die kleine Tankstelle betrat. Dass sie dabei den Kopf einziehen musste, bemerkte sie gar nicht. Bei ihrer Größe war das längst zur Gewohnheit geworden. Den letzten Tankstopp hatte sie auf dem Highway eingelegt. An einer dieser riesigen Rastanlagen, mit Angeboten für die ganze Familie. Nur nicht für jemanden, der lediglich einen heißen Muntermacher mit etwas Milch und einem annehmbaren Geschmack wollte. Nach nur einem Schluck hatte sie die Instant-Automaten-Brühe in den nächsten Gully geschüttet. Nun betrat sie das genaue Gegenteil davon. Hier, an der Landstraße kurz vor Riverside. Vor 93 Meilen hatte sie den Highway verlassen und seit 25 Meilen leuchtete das Reservelämpchen vom Tank. Sie erklärte sich mittlerweile selbst für bescheuert, den Job hier, am gefühlten Ende der Zivilisation, antreten zu wollen. Und so kurz vor dem Ziel drohte ihr nun auch noch der Sprit auszugehen. Fast hätte sie die uralte Tür beim Eintreten aus den Angeln gerissen. Das kleine Glockenspiel überschlug sich beinahe beim Klingeln, als ob es den Eintretenden davor warnte, auch nur einen Fuß hier hineinzusetzen. Aber kaum hatte sie die Schwelle überschritten, fühlte sie sich schon wohler. Hier wurde kein Parfum über die Klimaanlage verteilt, hier herrschte der Geruch von Bier und altem Zigarettenqualm. Sie hätte genauso gut in einer Kneipe stehen können. Je weiter sie eintrat und sich der sehr zierlichen Frau mit

Kopftuch am Tresen näherte, desto mehr wurden Alkohol und Tabakduft von etwas anderem überschattet. Jemand musste vergessen haben, die Dose mit den Bohnen zu schließen. Nun konnte sie auch das leise Zischen und Gurgeln des altmodischen Brühautomaten hören, der wohlversteckt in einer Ecke seinen Dienst verrichtete. „Der wird helfen!", sagte sie und deutete, jede Form einer Begrüßung vergessend, mit den Augen auf die Kaffeemaschine.

„Wollen Sie sich nur helfen lassen oder auch die Tankfüllung bezahlen?", peitschte es ihr im besten mexikanischen Akzent entgegen. Erstaunlich, wie klein sie sich vor dieser winzigen Frau vorkam. Ihre 1,91 m und etwas markanten Gesichtszüge brachten überhaupt nichts, wenn sie auf jemanden traf, den das überhaupt nicht beeindruckte. „Natürlich möchte ich auch den Sprit bezahlen." Sie versuchte allen Charme und Höflichkeit, die sie aufbringen konnte, in diesen Satz zu packen.

„Nichts für ungut!", bekam sie weiter zu hören. „Die Zeiten sind hart und fremde Gesichter verheißen bei uns nicht immer Gutes. Bekannte übrigens auch nicht." Bei diesem Tonfall erwartete Kim, dass die kleine Frau gleich in alter Wild-West-Manier ihren Kautabak zielgenau in einen Eimer an der anderen Wand spucken würde. Diese Vorstellung machte es ihr leichter, freundlich zu sein. So konnte sie ihr Schmunzeln als pure Nettigkeit tarnen.

„Das macht dann 48,70 $!"

„Kann ich bitte noch eine Tasse Kaffee mit etwas Milch dazu bekommen?"

„Hab ich schon mitberechnet. Wir sind hier nicht so blöd, wie man uns vielleicht nachsagt. Den Kaffee gibt es nach dem Kassieren."

„Nehmen Sie auch Kreditkarten?"

„Wir sind hier auch nicht so altmodisch, wie man uns vielleicht nachsagt." Im selben Augenblick stibitzte sie Kim die Karte schon aus den Fingern und zog sie durch das hinter Rubbellosen getarnte Kartenlesegerät. Ein Mundwinkel der kleinen Frau verzog sich zu einem Lächeln und ihr Blick wurde etwas weicher.

„Ich möchte nicht aufdringlich sein, aber gibt es hier vielleicht eine Sitzgelegenheit, vor der kein Lenkrad ist? Ich bin heute schon eine gefühlte Ewigkeit gefahren und brauche dringend einen Stuhl, der nicht unter meinem Hintern brummt."

Die kleine Frau nahm die Tasse und trug sie wortlos hinter dem Tresen hervor, ging damit zwischen zwei Regalen hindurch und stellte sie hörbar auf einen Tisch. Kim folgte ihr. Der Tisch war ein alter V8-Motorblock, auf dem ein Blech als Tischplatte geschweißt war. Dahinter standen eine Rückbank und daneben die Vordersitze eines Autos. Uralt und durchgesessen.

„Oh, gut! Ganz etwas anderes als die letzten 10 Stunden", stellte sie fest und lächelte die kleine Frau hilfesuchend an.

„Kein Lenkrad - brummt nicht - nicht mehr jedenfalls. Ich wecke Sie in einer Stunde, falls Sie einschlafen sollten."

Kim gab sich geschlagen. Eine andere Wahl hatte sie sowieso nicht. Irgendwie gefiel ihr die kleine Frau. „Vielen Dank! Ich heiße übrigens Kim. Kim Harolds."

„Ich bin Maria", sagte die kleine Frau jetzt schon mit fast mütterlicher Stimme. „Maria Hernandez. Trinken Sie erst mal Ihren Kaffee und ruhen sich ein wenig aus. Small Talk können wir auch danach noch halten. Wir haben es hier tatsächlich nicht so eilig, wie man es uns vielleicht nachsagt." Sie schenkte Kim noch ein Lächeln und verschwand wieder zwischen den Regalen in Richtung Tresen.

Kim zog sich die Jacke aus, setzte sich auf einen der Vordersitze und ließ den Kopf so weit nach unten zwischen die Beine sinken, dass ihre schulterlangen blonden Haare den Boden berührten. Sie fing an, sich die Schläfen und den Nacken zu massieren. Nachdem sie sich wieder aufgerichtet hatte, fand sie nach einigem Hin und Her tatsächlich eine bequeme Sitzposition, nahm die Tasse vom V8, trank ein paar Schlucke und schlief ein.

„Sind Sie die Neue?", rief Maria, als galt es einen Einbrecher zu verjagen.

Kim schreckte auf. Kurze, sich überschlagende Gedanken brachten ihr die Erinnerungen an das Hier und Jetzt zurück. Die Uhr zeigte Viertel nach sieben. Also hatte sie nur etwa 20 Minuten geschlafen, es kam ihr wie eine kleine Ewigkeit vor. *Woher weiß sie, dass ich wach bin?*

„Die neue Polizistin, meine ich", legte Maria nach.

Oder hat sie gar nicht mitbekommen, dass ich eingeschlafen bin?

„Bei Sheriff Crawley. - In der Stadt. - Schlafen Sie tatsächlich?"

„Nicht mehr", antwortete Kim leicht gequält, „und ja."

Maria kam durch die Regale zu ihr, stellte eilig Kims Kaffeetasse auf den Boden und setzte sich auf den Motor. Das Kopftuch hatte sie abgenommen und unendlich viele dunkle Locken wippten bei der kleinsten Bewegung um ihren Kopf herum. Sie lächelte verschmitzt und ihre großen dunklen Augen fielen vor Neugier fast heraus, während sie versuchte, mit Blicken Informationen aus Kim herauszusaugen. „Kommen Sie aus New York? Alle die zu uns kommen, kommen aus den großen Städten. Meistens, weil sie etwas ausgefressen haben."

„Nein, ich komme nicht aus New York", erklärte Kim. „Meine Heimatstadt ist nicht viel größer als Riverside. Nur vielleicht nicht ganz so abgelegen. Und ausgefressen habe ich auch nichts."

„Oh! Unser Sheriff ist ein toller Mann. Bestimmt gefällt er Ihnen. Er hat es nie leicht gehabt, wissen Sie. Obwohl ...", sie hielt inne und musterte Kim für einen Moment noch eindringlicher, als sie es sowieso schon die ganze Zeit tat, „Er könnte Ihnen vielleicht zu klein sein. Ich glaube, alle Männer bei uns könnten Ihnen zu klein sein. Vielleicht gehen Sie besser nach New York. Da ist alles groß. Bestimmt auch die Männer."

Kim war es gewohnt, wegen ihrer Körpergröße gehänselt zu werden. Aber Maria war anders. Bei ihr klang es ehrlich und ohne jeden Ansatz von Bösartigkeit. Sie beschloss, zu lächeln und sich darauf einzulassen. „In New York wollten sie mich nicht. Ich bin wohl sogar denen zu groß. Ihr Sheriff war der Einzige, der mich einstellen wollte. Dabei war ich auf der Akademie eine der Besten."

„Ach", erwiderte Maria, „die Menschen sind dumme Tiere! Die wollen alles immer nur nach Schablonen haben. Wenn jemand nicht wie eine Schablone ist, haben sie Angst. Unser Sheriff kennt keine Angst! Einmal gab es eine große Schlägerei in unserer Kneipe, da ist er ganz allein dazwischen gegangen und hat zwischen den betrunkenen Halbstarken schlichten können. Nein, Angst hat er bestimmt nicht. Dafür hat der Arme keine Tränen. Kein guter Tausch, wenn Sie mich fragen." Marias Augen musterten Kim nicht länger. Sie sah nun einfach durch sie hindurch, als hätte sie gerade das Traurigste erzählt, was sie hätte erzählen können.

Kim hatte schon befürchtet, sie würde nie wieder aufhören zu reden. Aber keine Tränen zu haben. Das machte sie neugierig. „Wie? Er hat keine Tränen?"

„Niemand hat ihn jemals weinen sehen. Auch nicht, als er noch ein Kind war. Am Grab seiner Mutter hat er nicht geweint und am Grab seiner Frau auch nicht. Man erzählt sich, er habe sogar gelächelt", erklärte Maria und flüsterte vielsagend hinterher: „Jedenfalls beim Tod seiner Mutter."

Kim hob die Hände, als könnte sie sich damit gegen das Gehörte wehren. „Oh nein! Bitte! Ich hätte nicht gedacht, so schnell mit dem Klatsch Eurer Stadt konfrontiert zu werden. Ich mag Sie, Maria. Wirklich. Aber bitte hören Sie auf. Ich bin noch nicht einmal richtig angekommen und weiß schon viel mehr als mir lieb ist", bat sie sehr eindringlich. „Ich muss erst mal klarkommen und eine Bleibe finden."

„Tut mir sehr leid. Mein geschwätziges Ich ist wieder einmal mit mir durchgegangen. Sie haben im Moment ganz andere Sorgen." Sie kramte in ihrer Hosentasche und reichte Kim eine Visitenkarte. „Das ist ein alter Freund. Er kam vor vielen Jahren mit mir zusammen hierher. Er hat eine Pension und eine Autowerkstatt. Gar nicht weit von der Polizeistation. Ich rufe ihn an und sage ihm, er soll Ihnen sein schönstes Zimmer geben. Bitte nehmen Sie es als Entschuldigung für mein Geschwätz an."

Kim nahm das Angebot gern an. Sie hätte sich tatsächlich auf gut Glück ein Hotel suchen müssen, sah auf die Karte und las die Adresse:

José Nuñez

Pension und Werkstatt

38 Potter Street, Riverside

Sie musste lachen: „In der Potter Street? Ist das nicht gleich neben der Winkelgasse?"

„Ja, genau! Woher wissen Sie das?"

Beide sahen sich an, lächelten und Kim durchfuhr eine warme Woge der Verbundenheit. „Sind wir schon so weit, dass wir uns gegenseitig veralbern? Das ging ja schnell!"

„¡Eso es correcto!", antwortete Maria, überlegte kurz und fügte hinzu: „¡Mi amiga!"

Es dämmerte, als Kim die Tankstelle verließ und es begann zu regnen. An der Tür ihres Wagens drehte sie sich noch einmal um. „Wenn Sie mir jedes Mal helfen, nachdem ich mir Ihren Klatsch angehört habe, komme ich gern öfter zum Tanken."

Maria versuchte, ein böses Gesicht zu machen. Es gelang ihr nicht. Sie lachte stattdessen und rief: „Sie werden kommen müssen. Das hier ist die einzige Tankstelle."

San Diego

1994

„Mr. Crawley, mit Ihren Leistungen stehen Ihnen so viele Türen offen. Glauben Sie mir, Sie könnten es beim FBI weit bringen", erklärte der Agent, dessen Namen Matt schon wieder vergessen hatte. In Gedanken war er schon in Riverside und arbeitete mit Bill zusammen. Er wollte dieses Gespräch nur noch beenden und sagte: „Sir, wenn meine Stiefmutter nicht darauf bestanden hätte, dass ich das College besuche, um mir Möglichkeiten offenzuhalten, würde ich schon längst in einem Streifenwagen sitzen und bei uns zu Hause die Betrunkenen aus dem Mic's holen. Mehr wollte ich nie werden, aber auch nicht weniger. Sollte ich mich jemals langweilen oder zu Höherem berufen fühlen, verspreche ich, werde ich zu Ihnen kommen. Ein paar Jahre bleiben mir ja noch, Sir."

„Schade, wirklich schade!", bekam er noch zu hören, stand aber auf, nahm Haltung an und bat darum, gehen zu dürfen. Er verließ das Büro und lief in Richtung Appellplatz, da die Abschiedszeremonie bald beginnen sollte.

Charlene und Bill waren auch irgendwo da draußen. Sie waren seine Stiefeltern. Diesen Ausdruck verwendete er aber nur, wenn er ohne viele Umschweife einem Fremden seine Familienverhältnisse erklären musste.

Bill Smith war Sheriff in Riverside, wollte es allerdings nicht mehr allzu lang bleiben. Er war 58, hatte einen kleinen Wohlstandsbauch, graue Haare und seine Schäfchen im

Trockenen. Er trug immer seine altmodische Hornbrille, womit er Charlene regelmäßig auf die Palme brachte. Sie konnte reden, wie sie wollte, er sagte nur, dass er damit nach wie vor noch bestens sehen könne.

Charlene arbeitete ein paar Stunden in der Woche im Rathaus und half dort im Archiv aus. Sie achtete stets auf ihre Figur und hätte durchaus als Model arbeiten können. Sie war eine sehr gepflegte Frau, die kein Make-up nötig hatte und dieses nur sehr sparsam benutzte. Alle Frauen in Riverside, außer Rosie Newman, ihre beste Freundin, beneideten Charlene um ihr langes, dunkles Haar.

Rosie hatte zwar nicht so langes, aber dafür lockiges Haar, sie war eine ziemlich korpulente Afroamerikanerin mit einem Lächeln, dem niemand auch nur für Sekunden standhalten konnte. Sie besaß einen Gemischtwarenladen, der es in letzter Zeit nicht leicht hatte, da ein Supermarkt in der Stadt eröffnet hatte.

Matt stand nun mit den anderen frisch gebackenen Deputies in Reih und Glied auf dem Appellplatz und beobachtete Bill und Charlene aus den Augenwinkeln. Sie hatten sich in der Menge der Angehörigen keinen wirklich guten Platz ergattern können. Bill kämpfte die ganze Zeit mit seiner Kamera, um ein paar gute Schnappschüsse zu machen, während Charlene neben ihm weinte. Sie hatte Matt die letzten 18 Jahre ihres Lebens geopfert und alles dafür getan, ihm eine gute Mutter zu sein. Sie wäre für ihn durchs Feuer gegangen, obwohl sie wusste, dass er sie niemals Mum nennen würde. Diesen Anspruch hatte sie auch nie gehabt. Alle hatten Rebecca, Matts leibliche Mutter, gekannt und gemocht und waren vom frühen Tod dieser liebenswerten Frau erschüttert gewesen.

Jetzt warfen die Absolventen ihre Uniformhüte in die Luft. Die Stille, die während der Zeremonie herrschte, wurde von Jubel abgelöst. Im Anschluss gab es noch eine Feier, zu der Matt nicht gehen wollte. Nicht weil er seine Kameraden nicht mochte, sondern weil er lieber für sich blieb. Den heutigen Tag wollte er allein mit Charlene und Bill genießen. Er war schon immer ein introvertierter Eigenbrötler gewesen.

Charlene hatte ihrem Matt eine schöne Kindheit und Jugend mit wirklich allem, was dazu gehörte, ermöglichen wollen. Leider waren ihre Versuche meist nach hinten losgegangen. Überall, wo sie ihn hingeschleppt hatte, hatte er nur in einer Ecke gestanden und war für sich geblieben. Glücklicherweise war Riverside klein genug, um stets auf Verständnis zu stoßen. Alle kannten Matts Geschichte. Erfolg hatte Charlene nur im Schwimmverein, hier war Matt zwar auch meist für sich geblieben, aber das Schwimmen hatte ihm wenigstens Freude bereitet.

Die Anzahl der Menschen, die es überhaupt geschafft hatten, eine engere Beziehung zu Matt aufzubauen, konnte man an einer Hand abzählen. Da gab es zunächst Bill und Charlene, dann noch Rosie, Maria, die mexikanische Aushilfe in Rosies Gemischtwarenladen und Stacey.

Stacey war Matts Freundin aus der Grundschule. Irgendwann war sie einfach nach der Schule mit ihm zu den Smiths nach Hause gekommen und fortan nicht mehr aus Matts Leben wegzudenken. Zu Beginn war Charlene Feuer und Flamme gewesen, gab es doch endlich auch jemanden in seinem Alter, dem er sich öffnete. Mit den Jahren wurde sie allerdings immer skeptischer, hatte sich aber selbst nie erklären können, woran es lag. Stacey konnte heute nicht dabei sein, sie hatte von ihrem Chef keinen Urlaub bekommen.

Matt lief auf Charlene und Bill zu und winkte mit seinem Abschlusszeugnis. Bei diesem Anblick bekam Charlene weiche Knie. Sie liebte ihn abgöttisch und gerade jetzt, in dieser schicken Uniform, mit seiner athletischen Statur vom Schwimmen, den großen dunklen Augen unter dem Uniformhut und seinen leicht weiblichen Gesichtszügen, sah er einfach nur umwerfend aus.

„Und du bist sicher, dass du nicht zu der Feier mit den anderen willst?", fragte Bill, um sich zu vergewissern.

„Alles gut, Bill. Ich möchte wirklich nur mit euch beiden etwas essen gehen und danach fahren wir gemütlich nach Hause. Mein Koffer steht schon bereit."

Bill warf Charlene einen vielsagenden Blick zu: „Drei Tage, maximal!", und auf Matts fragenden Gesichtsausdruck sagte er: „Sie hat mal wieder etwas für dich und ich darf es nicht verraten."

Später beim Essen bekam Matt ein Update davon, was während seiner Abwesenheit in Riverside passiert war. Charlene redete ununterbrochen: „Und stell dir vor, der Supermarkt hat wieder zugemacht. Fast alle sind demonstrativ weiterhin zu Rosie in den Laden gegangen. Bis zu dem Tag, an dem der Supermarkt sein gesamtes Sortiment an Elektronik zum halben Preis angeboten hatte. An dem Tag waren wir alle dort, sogar Rosie. Die halbe Stadt hat jetzt neue Fernseher und José hat sich für seine Pension gleich acht Stück gekauft. Er sagte, es wären wirklich gute Geräte, die bestimmt in zwanzig Jahren noch funktionieren werden. Danach sind alle wieder zu Rosie gegangen und haben bei ihr die Lebensmittel gekauft. Wir sind schon eine großartige Stadt."

Matt unterbrach sie: „Charlene, hol doch mal Luft!", und zu Bill gewandt sagte er: „Wann und wie hast du ihr das Atmen abgewöhnt?"

Ohne darauf zu achten, fuhr Charlene fort: „Von Maria gibt es auch Neuigkeiten! Sie arbeitet nicht mehr in Rosies Laden. Ob du es glaubst oder nicht, sie hat die Tankstelle vom alten Walter gekauft. Ist das nicht toll?!" Charlene hatte eine Antwort erwartet und machte eine Pause.

Aber Matt sah sie nur an, anschließend Bill und fragte: „Hat es aufgehört?"

„Du bist unmöglich, Mathew Crawley", schmollte sie und machte, wohl wissend was als Nächstes passieren würde, ein trauriges Gesicht.

Matt stand auf, lief um den Tisch herum und umarmte und küsste sie mit den Worten: „Was sich neckt, das liebt sich."

Charlenes Herz machte einen kleinen Sprung und sie war glücklich.

„Was ist denn aus den Mädchen geworden, die im Supermarkt gearbeitet haben?", fragte Matt.

Charlene hatte diese Frage erwartet. Matt dachte oft weiter als manch anderer. „Das, mein Lieber, ist die nächste gute Nachricht. Da Maria nicht mehr bei Rosie arbeitet und Rosie in Zukunft kürzertreten will, arbeiten sie nun beide im Gemischtwarenladen. Die anderen, die der Supermarkt selbst mitgebracht hat, sind mit ihm zusammen wieder verschwunden."

Bill saß die ganze Zeit still am Tisch, aß seine Pizza und konzentrierte sich darauf, Charlene ab und an etwas von ihrer Pasta zu stehlen, wenn er glaubte, sie bekäme es in ihrem Redeschwall nicht mit. Da sie sich nun wieder ihrem Essen widmete, befürchtete er, davon nichts mehr abzubekommen, und gab das Signal, um sie erneut von der wirklich guten Pasta abzulenken: „Deine Lieblingsstiefmutter hat dir noch etwas mitgebracht."

„Stimmt!", sagte sie, während sie noch einen Bissen herunterschluckte. „Matt, mein lieber Junge, wir haben uns etwas überlegt."

„Sie hat es sich überlegt", unterbrach Bill und genoss einen weiteren Bissen von Charlenes Pasta.

„Also ich habe mir überlegt, dass du, bevor es so richtig mit der Arbeit losgeht, noch einmal Urlaub machen solltest, und deshalb habe ich lange mit Jeanette aus dem Reisebüro ..."

„Und meiner Kreditkarte", unterbrach Bill sie erneut, was sie jedoch gekonnt ignorierte.

„Mit Jeanette aus dem Reisebüro überlegt, was wohl das Beste sein könnte. Und wo ist es immer am schönsten? Am Meer." Sie reichte Matt einen Umschlag.

Er öffnete ihn. Egal wohin es ging, er wollte Charlene die Freude daran nicht nehmen. Während er las, sagte er: „San Diego? Zwei Wochen? Mit Flug? Morgen geht es los? Ihr müsst verrückt sein!"

„Das hat meine Bank auch gesagt", warf Bill noch immer Pasta kauend ein.

Charlene hatte darauf geachtet, dass die Reisezeit mit dem Spring Break zusammenfiel. Bill hatte von solchen Dingen keine Ahnung und die wollte er auch nicht haben. Nachdem sie ihn in ihre Pläne eingeweiht hatte, war sein einziger Kommentar dazu: „Der Junge ist nach spätestens drei Tagen wieder da. Ich möchte fast darauf wetten." Charlene war auch froh, dass Stacey heute nicht dabei war.

Sie hätte Matt diese Reise bestimmt madig geredet, aber Charlene wollte unbedingt, dass Matt auch noch andere Frauen kennenlernte. Bill sah das alles eher pragmatisch. Er kannte Stacey und war durchaus damit zufrieden, dass die Dinge offensichtlich von selbst ihren Lauf nahmen.

Matt ging abermals um den Tisch zu Charlene, um sie zu umarmen. Er bedankte sich zwar, erklärte aber in liebevollem Ton, dass ihre Mühen nicht nötig gewesen wären, da es in Riverside alles gäbe, was er brauche. Natürlich war ihm der eigentliche Zweck dieser Reise sofort klar. Charlene zuliebe würde er sie auch antreten. Er würde versuchen, sich ein paar ruhige Tage am Meer zu machen.

„Lass es nochmal ordentlich krachen!", hatte Charlene ihm ins Ohr geflüstert, als sie sich am Flughafen von ihm verabschiedete.

Nun stand der frisch gebackene Deputy von Riverside inmitten feierwütiger Jugendlicher, die sich auf dem Weg nach Tijuana befanden. Hier war er eindeutig fehl am Platze. Sein Gepäck hatte er im Hotelzimmer deponiert und wollte erst einmal die Gegend erkunden. Er beschloss, so lang zu gehen, bis er eine hübsche, abgeschiedene Stelle am Meer finden würde, um im Sand zu sitzen, und sich von der Brandung die Gedanken einschläfern zu lassen. Nachdem er etwa zwanzig Minuten gegangen war, wurde es endlich ruhiger und das Schreien der Möwen war zu hören. Er sah einen sehr kleinen Leuchtturm und hielt darauf zu. Dort angekommen suchte er sich sein ruhiges Plätzchen in einer kleinen Bucht, die nach Sonnenuntergang wohl eher von Pärchen bevölkert wurde. Jetzt zur Mittagszeit war hier kein Mensch.

Seine Ruhe währte etwa eine Stunde. Ein junger Mann in Badeshorts stand plötzlich vor ihm. Groß, blond, gut gebaut und mit einem Gesicht wie aus einem Hollywood-Film. „Na, du hast es auch lieber ruhiger, was? Für mich ist der Trubel auch nichts", sagte er und streckte Matt seine Hand entgegen. „Bruce", gab er kurz dazu.

Matt musste blinzeln, um ihn gegen die Sonne erkennen zu können. „Matt", gab er ebenso kurz zurück.

Bruce setzte sich neben ihn und fragte: „Magst du auch ein Bier?"

„Klar, eins wird nicht schaden."

„Ich hole uns zwei Flaschen aus dem Wagen." Bruce sprang wieder auf und kam ein paar Minuten später mit zwei Flaschen zurück.

Sie stießen an und tranken.

Stromschläge durchfuhren ihn, als er aufwachte und jede Bewegung löste einen Weiteren aus. Die Augen zu öffnen, war fast so anstrengend wie ein Marathonlauf. Aufstehen zu wollen, versuchte er gar nicht erst. So gut es ging, konzentrierte er sich auf seinen Körper. Der Kopf dröhnte, in Armen, Beinen und Bauch schien er wahnsinnigen Muskelkater zu haben. Nachdem er es geschafft hatte, eine Hand zu seinem Gesicht zu führen, um es zu betasten, bemerkte er, dass sein rechtes Auge und die Oberlippe geschwollen waren. Sein rechtes Ohr schien gänzlich von verkrustetem Blut bedeckt zu sein. Am schlimmsten jedoch war sein Hintern. Entweder war alles in ihm kaputt oder jemand hatte ihm eine Bowlingkugel eingeführt. In Zeitlupe ließ er sich aus dem Bett gleiten. Der Raum war abgedunkelt, aber auf dem Boden liegend erkannte er den Bettvorleger seines Hotelzimmers. Schon bei seiner Ankunft war er ihm aufgefallen. *So weiche Teppiche gibt es?* Nun war er froh, dass es sie gab. *Trinken! Wasser!* Er kroch auf allen vieren zur Wand, um sich an dieser entlang bis ins Bad zu hangeln. Den Hebel des Wasserhahns zu betätigen, war eine kräfteraubende Tortur. Irgendwann konnte er endlich das kühlende und lebenspendende Element in seiner Kehle spüren. Er versuchte, sein T-Shirt auszuziehen. Da er seine Arme kaum über den Kopf heben konnte, schien es fast ein aussichtsloses Unterfangen zu werden. Beim Blick in den Spiegel erschrak er vor sich selbst. Sein Körper war von blauen Flecken übersät. Es war ein Wunder, dass er durch das geschwollene Auge überhaupt noch etwas sehen konnte. Blut! Überall an ihm war getrocknetes Blut. Ungläubig und vorsichtig betastete er sein Gesicht und seinen Körper vor dem Spiegel, als wollte er testen, ob nicht doch alles nur geschminkt sei. Als er sich auf die Toilette setzte, bemerkte er, dass auch seine Hose von Blut durchtränkt war. Übelkeit schoss in ihm hoch. So gut und so schnell es irgendwie ging, drehte er sich um, kniete sich vor die Toilette und erbrach sich schwallartig. Es war so anstrengend und schmerzhaft, dass er sich abwechselnd übergab und vor Schmerzen schrie. Zumindest gab er einen gequälten Ton von sich, da die Schreie seine Schmerzen noch zu verstärken schienen.

Er hangelte sich wieder an der Wand entlang zu seinem Koffer. Charlene, die fürsorglichste Frau der Welt, hatte natürlich nicht versäumt, ihm eine Reiseapotheke zu packen. In der Hoffnung, die Tabletten nicht gleich wieder in die Toilette zu erbrechen, nahm er eine zitternde Hand voll ein. Zurück auf dem Bett sitzend schaltete er den Fernseher an. Die Nachrichten waren vom Dienstag. Er war am Sonntag angekommen. Sich an irgendetwas zu erinnern, war unmöglich. Da war nichts mehr. Gar nichts. Das Letzte, was ihm noch einfiel, waren die vielen Jugendlichen und ein Spaziergang bei einem Leuchtturm.

Der Lokalsender berichtete über einen Toten am Strand, welcher möglicherweise ein weiteres Opfer eines Serientäters war. Die Opfer waren ausnahmslos junge Männer, die die Stadt zum Feiern besucht hatten. Alle waren schwer misshandelt und einige auch vergewaltigt worden. Dies allerdings war das erste Todesopfer. Wieder wurde ihm übel. Aber dieses Mal schaffte er es nicht bis zur Toilette und erbrach sich auf dem Bettvorleger. Ein paar Tabletten musste er wohl bei sich behalten haben, denn langsam schienen sie etwas Wirkung zu zeigen und er schlief wieder ein.

Als er erneut aufwachte, waren die Schmerzen einigermaßen erträglich. Das Zimmer war noch dunkler geworden, da es draußen schon wieder dämmerte. Er schleppte sich ins Bad und duschte, so gut es irgendwie ging. Als er fertig war, ging er zum Telefon und rief die Rezeption an: „Matt Crawley, Zimmer 237, schicken Sie mir bitte die Polizei."

Es war Samstagmorgen, 2:45 Uhr, als Charlene den Schlüssel in der Tür hörte. Bill sollte eigentlich beim Dienst sein. Sie stand auf und lief in den Flur, um zu sehen, was er wollte und sagte laut ins Halbdunkel: „Hast du etwas vergessen?" Dann sah sie Matt und konnte sich nicht mehr rühren. Matt! Die zweite Liebe ihres Lebens war übel zugerichtet, verprügelt, geschunden, vielleicht sogar gefoltert worden. Er stand vor ihr wie damals. In der Nacht, in der sie zueinanderfanden. Derselbe Junge, derselbe Blick, nur Jahre später und das ganze Blut fehlte. Ein Auge war fast zugeschwollen, nichts an ihm schien noch heil zu sein.

Millionen Dinge schossen ihr durch den Kopf, die am Ende zu einem einzigen Gedanken verschmolzen, der sich wiederholte, immer und immer wieder: *Ich habe ihn dort hingeschickt! Ich habe ihn dort hingeschickt! Ich habe ihn dort hingeschickt!* ... Ihre Knie wollten ihren Dienst verweigern, ihr Kinn begann zu zittern. Kurz darauf liefen Tränen über ihre Wangen und sie weinte tonlos. Sie wagte es nicht, zu reden oder auch nur einen Laut von sich zu geben, weil sie glaubte, es könnte ihm noch zusätzliche Schmerzen bereiten und flüsterte: „Oh mein Gott! Matt! Was ist geschehen?" Sie wollte ihn umarmen, schreckte aber aus Angst, ihm wehzutun, gleich wieder zurück. „Ich rufe Bill an!", sagte sie hektisch.

Aber Matt entgegnete: „Nein, nein, es ist so weit alles in Ordnung. Ich brauche nur Ruhe."

Charlene hielt sich die zitternden Hände vor den Mund und schluchzte: „Matt, mein Schatz, es tut mir ja so leid! Ich habe dich dorthin geschickt!"

„Ich sollte es krachen lassen, hast du gesagt. Nun, ich war erfolgreich." Er versuchte, zu lächeln. „Kannst du mir nur bitte einen Gefallen tun?"

„Jeden, mein Junge. Jeden."

„Würdest du heute Nacht bitte bei mir bleiben? So wie damals?"

Wortlos nahm sie seinen Arm und führte ihn in sein Zimmer. Er setzte sich auf das Bett und ließ sich von ihr ausziehen. Sie war so vorsichtig, wie sie nur konnte. Sie holte einen frischen Schlafanzug aus dem Schrank und half ihm beim Anziehen.

Matt legte sich auf die Seite und sah mit leeren Augen zum Fenster hinaus in den Sternenhimmel.

Charlene legte sich so dicht hinter ihn, dass er sie spüren konnte. Ihren Arm um seinen geschundenen Körper zu legen, wagte sie nicht. Schlaflos und wortlos verbrachten sie so die Nacht.

Neue Freunde

2016

Es dämmerte und man konnte nun auch sehen, wie die Regentropfen gegen die Scheibe klopften. Kim war seit zwei Stunden wach. Sie war einen Tag eher gefahren, um am Sonntag noch einmal so richtig ausschlafen und entspannen zu können.

José, der nur wenig größer als Maria war, aber genauso dichtes schwarzes Haar hatte, dazu eine rote Nase und einen kleinen Bauch von Wein und Bier, hatte ihr gestern Abend noch angeboten, heute ein Frühstück zu machen. „Als Willkommensgeschenk in unserer schönen Stadt", hatte er gesagt. Sie einigten sich auf 9:00 Uhr.

Jetzt war es 6:30 Uhr. Kim saß auf dem durchgesessenen Sofa und begutachtete den Fernseher. *Ich hoffe nicht, dass das wirklich sein bestes Zimmer ist. Wir haben 2016 und hier steht ein Röhrenfernseher. Ist das womöglich, noch ein Schwarz-Weiß-Gerät?*, dachte sie und lächelte. Sie hätte ihn einschalten können, aber dann wären vielleicht die anderen Gäste wach geworden. Aus demselben Grund war sie auch noch nicht im Bad gewesen. Sie saß da nun seit 5:00 Uhr und machte sich über alles Mögliche Gedanken. Wie die neuen Kollegen wohl sein würden und ob sie mit noch mehr Menschen so gut in Kontakt kommen würde wie mit Maria. Vor allem aber quälte sie eine Frage. Wie sehr würde man sie hier wegen ihrer Größe hänseln? Dass es passieren würde, war ihr klar, denn das war schon immer so. Die Frage war nur: Wie schlimm würde es werden? Sie kannte alle Sprüche und mittlerweile auf die meisten auch eine Antwort. Am schlimmsten war es auf der High School gewesen und es gipfelte an einem Frühlingstag. *Dieser eine Tag! Dieser eine beschissene Tag!* Zu dieser Zeit hatte sie beschlossen, die Sache mit der Liebe sein zu lassen. Ab und an hatte es später mal jemanden in ihrem Leben gegeben, aber etwas Ernstes erwuchs nie daraus. Auch mit Frauen hatte sie es versucht. Das machte sie aber auch nicht glücklich. Ähnlich wie auf der High School war es ihr bei etlichen weiteren Versuchen ergangen, in der Arbeitswelt Fuß zu fassen. Irgendwann war sie auf die Idee gekommen, eine Polizeiuniform könne ihr dabei helfen, fehlendes Selbstvertrauen zu kompensieren. Auf der Polizeiakademie schien es vom ersten Tag an zu gelingen. Ganz offensichtlich hatte sie gefunden, wonach sie jahrelang gesucht hatte. Es gab noch eine Sache, die ihr immer wieder in den Sinn kam. Maria hatte es geschafft, sie besonders auf Sheriff Crawley neugierig zu machen. Sie sagte, er hätte keine Angst, keine Tränen und es nicht immer leicht gehabt. Keine Angst und keine Tränen zu haben, hätte ihr in ihrem bisherigen Leben gut weiterhelfen können.

Jemand klopfte gegen die Tür. Wieder und wieder. „Kim, du Schlafmütze! Wach auf! Der Kaffee wird kalt!"

Ach du Scheiße! Ich bin wieder eingeschlafen!, fuhr es ihr wie ein Blitz durch den Kopf. Sie wollte vom Sofa aufspringen, um ins Bad zu rennen. „Mome...", mehr konnte sie nicht rufen. Ein Stich fuhr ihr in den Rücken. Die Position, in der sie auf dem Sofa eingeschlafen war, war alles andere als gut gewesen. „Au!" Sie stolperte, versuchte, sich zu fangen, hatte damit keinen Erfolg und lag nun eingeklemmt zwischen Sofa, Sessel und Tisch. *Das geht ja gut los.*

Es klopfte wieder. Diesmal noch penetranter als zuvor. „Kim? - Alles in Ordnung da drinnen? - Kann ich dir helfen? - Ich bin es. - Maria. - Von der Tankstelle. - Von gestern Abend."

Ich habe schon beim ersten Ton gehört, wer da vor der Tür steht, und wenn sie aufhören würde zu reden, könnte ich ihr auch antworten, ging es ihr leicht genervt durch den Kopf. Auf einmal war es still. Sie war sich nicht mehr sicher, ob sie das eben nur gedacht oder laut gesagt hatte, und rief in Richtung der Tür: „Alles ist gut, Maria. Ich bin in fünf Minuten draußen."

„Okay, Schätzchen. Die Zeit läuft."

Kim konnte Marias Grinsen fast durch die geschlossene Tür sehen. Aber wenn sie eins war, dann schnell im Bad. In dieser Disziplin würde sie es mit jedem Mann aufnehmen. Vier Minuten später öffnete sie die Tür und Maria war weg. Körperlich zumindest. Akustisch war sie noch immer mehr als präsent. Ganz offensichtlich hatte sie in José ein neues Opfer gefunden. *Vielleicht verschießt sie gerade ihre Munition und hat dann nichts mehr für mich übrig*, hoffte Kim. Sie wusste aber, dass das nicht der Fall sein würde.

Der Frühstücksraum war leicht zu finden, sie musste nur Marias Stimme folgen. Als sie eintrat, herrschte augenblicklich Stille. Auf einem der Tische stand ein kleines Frühstücksbuffet, wie sie es bisher nur aus Luxushotels kannte. Nur nicht ganz so groß. Die Auswahl allerdings war erstaunlich. Ein Tisch daneben war für drei Personen zum Essen eingedeckt, eine Kerze brannte und im Aschenbecher glomm eine Zigarette.

„Herzlich willkommen in unserer schönen Stadt!" Maria und José sangen ihre Begrüßung fast. Als Nächstes stürmten sie gleichzeitig auf Kim zu, um sie zu umarmen. Es endete jedoch in einem kleinen Handgemenge.

„Das habt ihr aber nicht allein für mich gemacht?", fragte Kim.

„Natürlich!", antwortete Maria.

„Es sind momentan keine anderen Gäste im Haus", erklärte José.

So viel zu seinem „schönsten Zimmer" und ich traue mich nicht mal ins Bad, um niemanden zu wecken. „Ihr seid so lieb! Jetzt lasst uns aber essen! Ich habe einen Mordshunger." Sie überlegte sich gerade, wie groß wohl das Donnerwetter werden würde, wenn Maria die Zigarette entdeckte, da wetterte sie auch schon los.

Während José von Maria auf Spanisch mit einem Schwall von Beschimpfungen und Ermahnungen eingedeckt wurde, sah sich Kim in dem Raum um. Er war relativ klein und gemütlich. Alle Möbel waren aus massivem Eichenholz und an der Wand hing eine uralte Uhr aus Emaille. Sie zeigte Punkt 9:00 Uhr. Jedenfalls zeigte das der Stundenzeiger an. Einen Minutenzeiger gab es nicht mehr.

Maria hatte sich irgendwann wieder beruhigt und die drei konnten endlich frühstücken. Währenddessen bekam Kim allerlei Geschichten aus der Stadt erzählt. Von Sheriff Crawley und seinem Vorgänger Sheriff Smith, dem es sehr schlecht ging, weil er an Krebs litt. Von den anderen Deputies, von Leuten, um die man lieber einen Bogen machte, von einem Boxer namens Eddie, der in der Stadt gelebt hatte, um hier mit dieser Pension seinen Ruhestand zu bestreiten, und immer wieder kam Maria auf Sheriff Crawley zu sprechen.

Kim war es ganz recht, dass die beiden mit dem Reden nicht mehr aufhörten, so konnte sie in Ruhe ihr Frühstück genießen und musste praktisch nur zuhören. Nachdem sie fertig gegessen hatte, fiel ihr Blick wieder auf die Uhr. Der Stundenzeiger stand nach wie vor auf der Neun. Sie schickte José ein Lächeln, deutete mit den Augen auf die Uhr und sagte: „Immer pünktlich, was?!"

José strahlte übers ganze Gesicht. „Siehst du", sagte er zu Maria, „es gibt doch Frauen, die mich verstehen und diese junge Schönheit hier gefällt mir immer mehr." Er blickte Kim in die Augen, als hätte er gerade einen neuen Freund fürs Leben gefunden.

Sie fühlte sich tatsächlich geschmeichelt und wollte sich bei José für das Kompliment erkenntlich zeigen: „Ich bin übrigens mit dem Essen fertig, wenn Sie möchten, können Sie wieder rauchen. Es stört mich wirklich nicht."

José wurde ganz verlegen, schielte zu Maria und sagte: „Es war meine letzte Zigarette und dieses alte Teufelsweib will mir keine neuen geben. Sie will mich bestrafen, weil ich vorhin etwas aufgeregt war und sie auf dem Tisch vergessen hatte. Dabei hat sie ein neues Päckchen in der Tasche."

Er tat Kim leid. Hatte sie doch die Schimpfkanonade mitbekommen, die er über sich hatte ergehen lassen müssen. „Maria", bat sie, „er hat mir wirklich sein schönstes Zimmer gegeben und er hat sich so viel Mühe mit dem Frühstück gemacht. Haben Sie Mitleid und geben ihm doch das Päckchen."

„Ha!", posaunte es ihr entgegen. „Sein schönstes Zimmer? Der alte Geizkragen hat viel bessere. In einem steht sogar so ein moderner Flachbildfernseher und als ich das Frühstück gemacht habe, war er mir mehr im Weg als hilfreich." Während sie sprach, schenkte sie José einen bösen Seitenblick.

„Soso!", bemerkte Kim und schaute sich die beiden Zankäpfel amüsiert an, ließ dann ihren Blick auf Maria ruhen und lächelte sie bittend an.

„Ja, ja, ist ja gut!", resignierte sie und warf José ein Päckchen zu.

Der freute sich wie ein kleiner Junge und machte ein mehr als befriedigtes Gesicht, nachdem er den ersten Zug genommen hatte.

„Prima", stellte Kim fest, lehnte sich im Stuhl zurück und verschränkte die Hände hinterm Kopf. „Und was machen wir jetzt?" Sie schaute in zwei erschrockene und weit aufgerissene Augenpaare. Ganz offensichtlich hatten die beiden nicht mehr als das Frühstück geplant. Sie war froh darüber, denn es sollte ein ruhiger Tag werden. „Keine Sorge! Ich will mich heute sowieso von der Fahrt erholen und einen faulen Tag einlegen. Vielleicht gehe ich ein wenig joggen und schaue mir dabei die Stadt an. Aber viel mehr wird heute nicht passieren."

Die beiden Augenpaare entspannten sich merklich.

Später am Tag stand sie in Laufsachen vor der Pension. Es regnete immer noch. Sie überlegte, ob sie rechts- oder linksherum laufen sollte. Auf einem Hinweisschild an der Kreuzung rechts von ihr stand 'Police'. Es deutete nach links. *Gut, starten wir mit einer Rechts-Links-Kombination.* Sie lief los. Vorbei an der Polizeistation, vor der drei geländetaugliche Streifenwagen standen, danach überquerte sie einen Kirchplatz und erkannte das Rathaus. An einem verlassenen Laden hielt sie kurz an und versuchte zu entziffern, was einstmals auf dem hölzernen Schild gestanden haben musste.

'Danke für 45 wunderschöne Jahre! Eure Rosie!'

Kim fühlte sich wehmütig, obwohl sie nicht wusste, wer diese Rosie überhaupt gewesen war. Keine fünf Minuten später, sie hatte die Häuser der Stadt schon hinter sich gelassen, lief sie an einem Supermarkt vorbei. *Das ist mal wirklich eine kleine Stadt. Wofür brauchen die hier überhaupt einen Streifenwagen? Dabei haben die gleich drei*, wunderte sie sich. An dem Supermarkt musste sie nicht anhalten, um die übergroße Werbetafel am Eingang lesen zu können.

'10 Jahre ALLES-MARKT in Riverside!
NUTZT ANGEBOTE!'

Eine Zeile aus einem Gedicht fiel ihr ein. Sie hatte keine Ahnung mehr, woher sie es kannte. Aber es schien ihr passend.

„Denn alles, was entsteht,
Ist wert, daß es zugrunde geht…“

Sie fing an, diese Zeile im Takt ihres Laufes wie ein Mantra zu wiederholen. Es dauerte nicht lange und ein Hund holte ihre Gedanken mit seinem Gebell wieder in das Hier und Jetzt zurück. Kurz erschrocken blickte sie in Richtung des Gebells. Ungefähr 30 Meter neben der Straße stand ein Pudel am Gartentor zu einem ungepflegten Grundstück, auf dem ein altes und ebenso ungepflegtes Haus stand, und sah sie an.

Etwas sehr Entscheidendes schien es in dieser Stadt allerdings nicht zu geben. Sie war ungefähr eine Stunde gelaufen und war in dieser Zeit keinem einzigen Menschen begegnet. Völlig erledigt kehrte sie in die Pension zurück. Wieder einmal hatte sie es mit den Zwischensprints übertrieben. Sämtliche Muskeln schienen zu summen. Genau dieses Summen war es auch, weswegen sie den Sport so mochte. Noch bevor sie unter die Dusche ging, suchte sie nach José, um ihn zu fragen, wo denn die Menschen waren. Es kam ihr schon sehr merkwürdig vor, dass ihr überhaupt niemand begegnet war. Okay, es regnete, aber für sie war das kein Grund, nicht auf die Straße zu gehen.

José lächelte nur vielsagend und erklärte: „Glaub mir, spätestens jetzt wissen schon alle von deinem kleinen Ausflug. Wir sind eine sehr kleine Stadt. Jeder weiß von jedem alles und bei Regen haben wir einfach keine Lust, nach draußen zu gehen. Regen bedeutet für uns immer nur Arbeit und Ärger. Dir wird es sicher auch bald so gehen. Aber wenn du möchtest, begleite Maria und mich heute Abend ins Mic's. Da sind dann alle.“

„Wie, alle?“

„Na ja, vielleicht nicht alle, aber sehr viele.“

„Das klingt nach einer guten Idee“, hörte sie sich sagen. Ihr kamen aber jetzt schon Zweifel, ob die Idee wirklich so gut war. Sie hatte nach wie vor Angst vor fremden Menschen. Noch dazu in einer für sie fremden Umgebung und ohne ihre Uniform, die ihr immer dabei half, sich sicher zu fühlen. Sie kam aber nicht dazu, den Gedanken zu Ende zu denken, denn José eröffnete ihr, dass er ihr ein anderes Zimmer geben würde. Eines mit einem neuen Bad, einem neuen Bett und einem Flachbildfernseher. Er war schon irgendwie ein süßer Kauz. Sie blinzelte ihn an und flüsterte ein „Dankeschön!"

Am Abend zogen die drei los. Nachdem sie um die letzte Ecke gebogen waren und die Leuchtreklame vom Mic's zu sehen war, hielt Kim an.

Maria hatte sie sofort durchschaut. „Schätzchen", sagte sie, „du willst uns hier alle beschützen, da kannst du doch keine Angst vor uns haben! Wenn dir heute Abend da drinnen einer blöd kommt, bekommt er es mit mir zu tun. Ich kann ihn auf jeden Fall erst mal bewusstlos schwatzen." Sie blinzelte und fügte noch hinzu: „Nun sei ein großes Mädchen und zeig denen, wer hier in der Stadt ab sofort die Hosen anhat!"

Im Mic's war es brechend voll. Die Wand aus Stimmen, dem Gekrächze einer Jukebox und dem Geruch von Bier und Zigarettenqualm schien undurchdringlich.

„In eurer einzigen Kneipe wird noch geraucht?", Kim musste lauter reden, damit Maria sie verstehen konnte.

„Gerade weil es die Einzige ist, wird hier noch geraucht", bekam sie zur Antwort.

Der Sinn dahinter erschloss sich Kim nicht und es gab auch keine Zeit mehr, darüber nachzudenken. Die Stimme, die ihre Gedanken unterbrach, kam von links. Sie war kaum lauter als das Gemurmel der anderen, doch für Kim war sie klar und deutlich zu verstehen: „Gulliver ist gekommen und Gulliver ist eigentlich eine Frau." Sie sah in die Richtung, aus der die Stimme kam und bemerkte dabei, dass es in dieser Kneipe niemanden gab, der auch nur annähernd 1,80 m groß war.

„Sagte der Pygmäe, bevor er gefressen wurde. Du bist so ein Arschloch, Tilman!", hörte sie weiter. Diesmal war es eine Frauenstimme. Ein Schlag war zu hören. Der blonde Lockenkopf eines jungen Burschen Anfang Zwanzig schnellte nach vorn und das Bier, das er gerade trinken wollte, verteilte sich über sein Shirt. Die Frauenstimme hatte kurze dunkelbraune Haare und war vermutlich Ende dreißig. Sie bahnte sich ihren Weg in Kims Richtung und hielt vor ihr an.

„Hi! Ich bin Elizabeth, aber du kannst Beth sagen. Wir sind wohl ab morgen Kolleginnen." Eine Hand von einem gewinnenden Lächeln begleitet streckte sich Kim entgegen.

„Hi!", antwortete Kim und hielt sich kurz an der rettenden Hand fest, „und danke! Ich bin Kim."

„Das Arschloch da hinten musst du ab morgen leider auch ertragen." Beth drehte sich zu Tilman und rief: „Beweg deinen Hintern und stell dich wenigstens vor. Dass du ein Idiot bist, weiß sie jetzt schon."

Tilman setzte sich in Bewegung. Bei Kim und Beth angekommen streckte auch er Kim seine Hand entgegen: „Hallo, ich bin Till..."

„Den ‚man' kannst du getrost weglassen!", fuhr ihm Beth ins Wort.

„Das von eben tut mir leid. Nenn mich einfach Till", sagte Till weiter und stockte etwas nervös beim Reden. Er sah Kim an, als käme sie von einem anderen Stern und fügte noch hinzu: „Aber du bist echt groß!"

Beth hob ihre rechte Hand, als wolle sie erneut zum Schlag ausholen. „Das nächste Mal hast du den Abdruck von deinem Glas im Gesicht!", ging sie Till erneut an. „Für heute hast du genug Blödsinn geredet. Nun geh wieder zu deinesgleichen!"

Till sah Kim immer noch an, als wäre sie ein Alien, drehte sich dann aber um und verschwand für den Rest des Abends.

„Ich gebe dir erst mal ein Bier aus. Das hast du dir nach so einem Einstieg redlich verdient!", sagte Beth.

Kim wagte es nicht, zu widersprechen. Zumal es einer dieser Widersprüche gewesen wäre, die selbst bei umgänglichen Menschen einen Spruch ausgelöst hätte, welcher auf ihre Größe abgezielt hätte. Für den Moment blieb ihr nichts anderes übrig und sie folgte Beth in Richtung Theke. Dabei sah sich ein wenig Hilfe suchend nach Maria um.

Beth besaß einen ausgeprägten sechsten Sinn und erkannte sofort, nach wem Kim Ausschau hielt: „Glaub mir, sie hat dich im Blick und würde jeden, der dir zu nahe kommt, zu Tode labern, und wenn sie es nicht macht, erschlage ich den Kerl."

Kims Erleichterung nach diesem Satz war fast physisch. Solch ein Gefühl von Schutz und entgegengebrachter Hilfsbereitschaft war ihr neu. Sie traute dem Frieden noch nicht ganz und beschloss, auf der Hut zu bleiben.

An der Theke angekommen verlor Beth keine Zeit und unterbrach, ohne auch nur eine Sekunde abzuwarten, den Mann dahinter bei einem Gespräch. „Mic, das ist meine neue Kollegin Kim. Sie braucht dringend etwas zu trinken, nachdem sie Tilman kennengelernt hat. Kim, das ist Michael Dearing. Ihm gehört diese Höhle hier."

Die nächste Hand streckte sich Kim entgegen. Über den Tresen diesmal. Mic gehörte zu den größeren Männern, ebenso zu den dickeren und erst recht zu denen mit den ungepflegten Haaren. Eigentlich sah er aus, als hätte er sich

gerade erst aus dem Bett gequält. „Ah! Die Joggerin!",
erkannte er sie. „Herzlich willkommen! Glas oder Flasche?"

Am liebsten ein Wasser oder einen Kaffee. Ich hasse
Bier! Kim schüttelte seine Hand. Bei den braunen Flaschen,
die es hier gab, würde keiner mitbekommen, dass sie nur so
tat, als würde sie trinken. „Flasche bitte!", antwortete sie
und bekam fast augenblicklich eine in die Hand gedrückt.
Nachdem sie sich wieder zu den offensichtlich ausschließlich
biertrinkenden Menschen von Riverside umgedreht hatte,
stellte sie fest, dass sie beinahe in einer Ecke stand. Von hier
aus konnte sie die Leute ziemlich gut beobachten.

Beth entfernte sich von ihr, drehte sich noch einmal um,
kniff die Oberschenkel zusammen, ging leicht in die Knie
und deutete auf ihren Schritt, um gleich darauf lachend in
der Menge zu verschwinden.

Ohne sich wie befürchtet zum Gespött zu machen, stand
Kim nun allein da, wartete auf Beth und fühlte sich
tatsächlich sicher. Maria und José konnte sie in dem
Gedränge nicht ausmachen. Die beiden waren noch kleiner
als der sowieso schon recht kurz geratene
Durchschnittsbürger von Riverside. Sie hing ein wenig ihren
Gedanken nach und tat ab und zu, als würde sie an ihrer
Flasche nippen. Ein kurzer Moment der Unaufmerksamkeit
ließ ihr einen Schluck Bier in den Mund schwappen. Zum
Glück hatte sie sich ausreichend im Griff, um sich nichts
anmerken zu lassen. Dachte sie jedenfalls.

An einer einsamen Ecke der Theke saß ein Mann, der sie
schon die ganze Zeit beobachtete, wenn er glaubte, sie
würde es nicht bemerken. Er war ihr nicht entgangen, zumal
er recht ansehnlich war. Seine Augen waren für einen Mann
ziemlich groß, aber hübsch. Er hatte volles dunkles Haar
und fast weibliche Gesichtszüge. Er schien mit seinem

gepflegten Aussehen weder hier hineinzupassen noch hier hineinzugehören.

Kim hatte sich gerade von dem Schluck Bier in ihrem Mund erholt und beschlossen, ihn vorerst zu ignorieren, da setzte er sich auch schon in Bewegung. *Natürlich ist der einzig gutaussehende Kerl hier auch einen Kopf kleiner als ich*, war ihr erster Gedanke, als er vor ihr stand.

Seine Augen deuteten auf die Flasche in ihrer Hand und er sagte: „Das scheint wohl nicht das Richtige zu sein." Ohne eine Antwort abzuwarten, nahm er ihr die noch volle Flasche aus der Hand. Normalerweise würde sie das nicht durchgehen lassen, aber sie war froh, die Plörre loszusein. Der Mann ging in Richtung Theke und deutete ihr mit dem Kopf und der Hand, in der er die Bierflasche hielt, mitzukommen.

„Mic, das hier ist leer. Ich glaube, die junge Dame braucht eine Flasche von deinem Spezialbier."

„Geht klar, Sheriff", antwortete Mic und zu Kim gewandt sagte er: „Wenn das hier eher deinem Geschmack entspricht, bekommst du es ab sofort immer, ungefragt und kostenlos."

Kims Gedanken überschlugen sich. Hatte sie eben tatsächlich ihren neuen Boss als einen der gutaussehenden Männer der Stadt ausgemacht? Wollte er sie betrunken machen? Wollte Mic sie betrunken machen? Die schlimmsten Szenarien schossen ihr durch den Kopf. Sie wollte sich nach Maria, Beth oder wenigstens José umschauen, traute sich aber nicht, da sie damit das letzte bisschen Souveränität, was ihr gerade noch geblieben war, aufgeben würde.

Einen Augenblick später bekam sie vom Sheriff eine grüne Bierflasche in die Hand gedrückt. Er lächelte sie vielsagend an und hob seine ebenfalls grüne Flasche: „Herzlich willkommen in unserer schönen Stadt, Miss Harolds! Auf gute Zusammenarbeit!"

Kims Hals rebellierte schon jetzt gegen das, was sie ihm offenbar gleich antun würde. Sie schickte Mic einen flehenden Blick.

Der blinzelte sie an und versuchte, das vertrauenswürdigste Lächeln aufzusetzen, das er hervorbringen konnte.

Kim legte ihren letzten Funken Vertrauen in dieses Lächeln, hob ihre Flasche in Richtung des Sheriffs und trank einen Schluck. Es war pures Wasser. Ihr Gesicht sah allerdings aus, als hätte man sie vergiften wollen. Sie war auf den Geschmack des schlimmsten Fusels der Welt vorbereitet und hatte sich vor dem Geschmack des Wassers schlicht erschrocken. Sie stellte die Flasche und mit dieser auch die ganze Anspannung auf einmal ab und fing an, lauthals loszulachen. „Ich glaube, mit Ihnen werde ich am liebsten trinken, Sir!", sagte sie viel lauter, als sie es sich vor einer Minute noch gewagt hätte.

„Ich bin vielleicht der Sheriff und dein Boss, aber diese Stadt ist zu klein für Förmlichkeiten", sagte er im Stil eines Wild-West-Revolverhelden. „Ich bin Matt!" Er sah diese große Frau mit ihren markanten und dennoch sehr hübschen Zügen an, streckte ihr seine Hand entgegen und merkte, dass sie ihm gefiel.

Maria war von all dem, was Kim an ihrem ersten Abend im Mic's erlebte, nicht die geringste Kleinigkeit entgangen. Sie stieß José vor Freude hart mit dem Ellbogen in die Seite und brüllte ihm fast ins Ohr: „Lo sabía. Los dos están hechos el uno para el otro. Te lo dije."

Dieser eine Tag

2002

Der Motor des Schulbusses ließ Kims Sitz vibrieren. Nicht, dass ihr das noch nie aufgefallen wäre, aber heute spürte sie diese Vibrationen zum ersten Mal in einer Art in sich aufsteigen, welche sie die vergangene Nacht noch einmal erleben ließ.

Mike war bei ihr gewesen. Heimlich. Durchs Fenster. Wie in einem dieser schlechten Romane oder den Teeniefilmen, die es zuhauf gab. Aber gerade das hatte sie an der Situation genossen. Und es war gut gewesen! Richtig gut!

Kim schielte verstohlen zu den anderen im Bus und versuchte dabei ihr übliches, vor Angst unsicheres Gesicht aufzusetzen. Keiner sollte mitbekommen, dass sie seit letzter Nacht eine Frau war. Dieses Gefühl, endlich auf dem Weg in ein erwachsenes Leben zu sein, wollte sie nicht teilen. Mit niemandem außer Mike. Sollten sie doch weiter ihre Spielchen mit ihr spielen, sie demütigen und beleidigen. Ab heute würde sie das nicht mehr interessieren. Ab heute hatte sie einen riesigen mentalen Vorsprung. Ab heute war sie eine Frau.

Mike hatte sie wochenlang umgarnen müssen. Anfänglich hatte er sich ziemlich bescheuert angestellt, doch mit der Zeit wurden seine Eroberungsversuche subtiler und tatsächlich auch intelligenter. Galt es doch, das meistgemobbte Mädchen der Schule für sich zu gewinnen.

Kim hatte sich schon vor Jahren ein Schneckenhaus gebaut, in welches sie niemals jemandem Einblick gewährte. Mit der Zeit hatte sie gelernt, sich sogar dann darin zu verkriechen, wenn die Not am größten war. Wenn sie, wie so oft, umringt von anderen Mädchen deren Hass zu spüren bekam. Mal waren es die Cheerleader gewesen, mal die fetten Weiber und einmal sogar die Gruppe der Nerds. Die hatten wenigstens nach ein paar Tagen versucht, sich zu entschuldigen. Eine Gruppe der hochgewachsenen Mädchen gab es nicht. Kim war die Einzige, die sogar den meisten Jungs auf den Kopf hätte spucken können. Den Gewaltfantasien von Teenagern waren keine Grenzen gesetzt. Der Inhalt ihrer Tasche war zu keinem Zeitpunkt davor sicher, ein weiteres Mal in der Schule verteilt zu werden. Auch kam es öfter vor, dass sie in Sportkleidung nach Hause gehen musste, weil ihre anderen Sachen versteckt worden waren. Und Schläge gab es. Von Mädchen! Das geschah immer dann, wenn deren Fantasie ausgereizt war, aber nicht die Wut gegen Kims Anderssein. Nicht einmal ihren Eltern gewährte sie Einlass in ihr Schneckenhaus. Die waren mit der Situation völlig überfordert und hatten mit ihren Führungspositionen auf der Arbeit sowieso Besseres zu tun. Alles, was sie unbeholfen meinten dazu sagen zu müssen, waren Floskeln wie: „Das kann man nur alleine lernen. Wenn du das nicht selbst schaffst, dann schaffst du das niemals im Leben." Und immer so weiter.

Heute aber! Heute war alles anders. Mochten sie sie demütigen, schlagen und treten. Sie war jetzt eine Frau und sie hatte einen Freund. Das konnte ihr niemand nehmen. Damit war sie den ganzen ungevögelten Zicken um Lichtjahre voraus.

Der Bus hielt und beim Aussteigen wärmte die Sonne Kims Gesicht. Die Wärme erreichte auch ihre Brüste, durchdrang sie mit der gleichen Behaglichkeit, die sie in Mikes Händen empfunden hatte und ließ ihre Gedanken erneut an die letzte Nacht zurückgleiten. So sehr abgelenkt von der schönsten Erfahrung, die sie jemals gemacht hatte, entgingen ihr die Blicke der anderen. Sie waren um ein Vielfaches eindringlicher als sonst. Alle tuschelten und kicherten miteinander. Zeigten auf sie. Aber Kim bekam davon nichts mit. Sie atmete die Luft des beginnenden Sommers, erfüllt von den Pinien, deren Harz die Luft auf dem Campus schwängerte. Der Duft der Rosenbeete, die der Hausmeister mit aller Hingabe pflegte, hüllte sie in ein weiches, allgegenwärtiges Bett aus warmen, weichen Wolken.

Gejohle riss sie aus ihren Erinnerungen. Die Wolken lösten sich auf und sie fiel aus tausend Metern in ein Feld aus glühenden Speerspitzen.

Alle Augen waren auf sie gerichtet. Alle, bis auf die von einer kleinen Traube aus Schülern, die ihre Ankunft noch nicht registriert haben, weil sie abgelenkt waren. Abgelenkt von Mike. Dessen Stimme an ihr Ohr drang und sich wie Säure den Weg ins Hirn fraß.

„Ich habe eine laaaaaange Nacht hinter mir. Scheiße hat die geblutet. Ein wahres Schlachtfeld. Aber der Hebel fand es geil. Ich hab es eben drauf!"

Kim brach zusammen. Ohne Widerstand schlug sie auf dem harten Fliesenboden auf. Alles Positive, das sie noch in sich trug, floss augenblicklich in einem Strom von Tränen aus ihr heraus. Erstaunlicherweise konnte sie klar denken, während ihr Körper einen eindeutigen Schlussstrich zog. Sie lag in Fötushaltung im Eingangsportal der Schule, hatte einen Weinkrampf und bekam trotzdem alles um sich herum mit, keine Kleinigkeit entging ihr.

Miss Stone eilte herbei.

Das wird es nicht besser machen! Kim erkannte ihren ungelenken Schritt schon, kurz nachdem die Tür des Lehrerzimmers zuschlug. *Was kommt jetzt wohl für eine bescheuerte Idee, die alles nur noch schlimmer werden lässt?*

Vor ein paar Jahren hatte Miss Stone ihr helfen wollen und im Physikunterricht von der Hebelwirkung gesprochen und davon, dass man sich besser nicht mit größeren Personen prügeln sollte. Da diese den Vorteil des längeren Hebels auf ihrer Seite hätten. Nachdem man Kim später hinter der Turnhalle eines Besseren belehrt hatte, hatte sie ihren Spitznamen weg. Der Hebel.

Während Miss Stone näherkam, fühlte sie, wie die Kälte der Fliesen, beschleunigt durch die Feuchtigkeit der Tränen, ihre linke Wange auskühlten. Selbst wenn sie sich hätte bewegen wollen, ihr Körper hätte nicht gehorcht. Alles war außer Kontrolle. Denken funktionierte noch. *So fühlt es sich also an, wenn man im Wachkoma liegt.*

Miss Stone hockte neben ihr und legte eine Hand auf Kims Kopf. *Unbeholfen wie immer.* Zu zaghaft, um eine Emotion transportieren zu können.

Eine weitere Tür sprang auf. Mit Wucht und Wut. Mr. Kowalski, der Sportlehrer. Sein aggressiver Schritt, der allein jedem Marine alle Ehre gemacht hätte, zog mit klarem Ziel wie ein Güterzug an ihr vorbei. Mike.

Einige der Mädchen schrien spitz auf und riefen etwas von schlagenden Lehrern.

Nachdem alle Schüler in den Klassen waren, kam Mr. Kowalski wieder und löste Miss Stone ab. Anders als sie hob er Kim behutsam auf und trug sie davon. *Gott, wie viel Kraft hat der eigentlich?* Miss Stone kam hinterher. Kim wurde in Mr. Kowalskis Auto gesetzt und sie fuhren sie nach Hause, noch immer unfähig, Einfluss auf nur einen einzigen Muskel in ihrem Körper nehmen zu können.

Mums Cabriolet stand schon in der Auffahrt. Kim sah es nicht, aber Mr. Kowalski fuhr nicht sehr weit auf das Grundstück und sie konnte ihre Mutter telefonieren hören. Blabla - Controlling; Blabla - neueste Zahlen; Blabla - spätestens morgen; Blablabla.

Blabla, leckt mich doch! Ihr und euer beschissenes Geld!

Am nächsten Tag hatten Mum und Dad Urlaub. Zwei Monate. Auch Kim brauchte bis auf Weiteres nicht in die Schule gehen. Der Direktor hatte kein Attest gewollt.

Mike brauchte auch nicht mehr in die Schule gehen. Auch ohne Attest. Aber nicht bis auf Weiteres, sondern für immer.

Kim war sich unsicher, ob das, was jetzt auf sie zukam, so viel besser war, als sich dem Gespött der Schule auszusetzen. Mum und Dad kümmerten sich. Zumindest versuchten sie es zum ersten Mal in Kims Leben. Als sie in der dritten Woche wieder einmal beim Frühstück die Kontrolle verlor und aus heiterem Himmel anfing zu weinen, sagte ihr Dad den Satz, der sie auf ewig von ihren Eltern entzweien sollte: „Wenn das so weitergeht, klappt das dieses Jahr nicht mehr mit dem Abschluss. Ach, was sage ich. Niemals mit dem Abschluss. Niemals mit irgendetwas und schon gar nicht mit einem normalen Leben."

Das, was du ein normales Leben nennst, da scheiß ich drauf!

Mein Herz

1975

Es war ein warmer Samstag im Mai. Der Fluss war schon länger nicht über die Ufer getreten und in der Stadt hatte sich eine allgemeine Entspannung breitgemacht. Man hatte den Eindruck, dass wirklich alle Menschen von Riverside draußen waren. Jeder suchte sich irgendeine Beschäftigung, deren Hauptziel es war, an der frischen Luft zu sein.

Rebecca saß mit ihrem kleinen Jungen im Bus und war froh, diesen schönen Tag ohne Tom genießen zu können. Der lag noch zu Hause auf dem Sofa, schlief seinen Rausch vom Vorabend aus und musste sich überlegen, wie er Sheriff Smith am Montag erklären sollte, dass er abermals gegen seine Bewährungsauflagen verstoßen hatte. Ganz offensichtlich hatte er wieder einmal im Mic's eine Schlägerei angefangen.

Rebecca und Matt stiegen Hand in Hand aus dem Bus. Immer hielt sie ihren Kopf etwas gesenkt, damit die dunklen Haare ein wenig ins Gesicht fielen, um es zu verbergen. Sie war eine sehr hübsche Frau mit wunderschönen großen, dunklen, wachen Augen und einem feingliedrigen Körper. Sie schämte sich für ihren Mann. Dafür, dass er in der ganzen Stadt als ein fauler und streitsüchtiger Kneipengänger bekannt war. Dafür, dass ihr Mann nichts auf die Reihe bekam und keinen Job länger als ein paar Wochen behalten konnte. Sie schämte sich dafür, seine Frau zu sein. Deswegen war sie auch froh, in Toms altem Elternhaus, etwas außerhalb der Stadt zu leben. So musste sie sich nicht ständig diesen Blicken aussetzen. Die Blicke der Leute schienen an ihr zu kleben. Sie konnte sie regelrecht auf ihrer Haut spüren. Das einzig Gute, das Tom jemals geschafft hatte, war sie zu schwängern und ihr den kleinen Matt zu schenken. Nicht, dass es für ihn eine große Aufgabe gewesen wäre. Ganz im Gegenteil. Rebecca hätte diese Nacht am liebsten ausgelöscht. So wie sie am liebsten jede Nacht der vergangenen fünf Jahre ausgelöscht hätte. Tom war ein Schwein. Besonders, wenn er betrunken war. Und betrunken war er regelmäßig. Das allein hätte sie ja vielleicht noch ertragen. Aber die fortwährenden Beleidigungen, die Prügel und die Schmerzen, die er ihr bereitete, hatten sie nach und nach gebrochen. Das Einzige, was sie noch aufrecht hielt, war ihr kleiner Sohn und die Tatsache, dass Tom in regelmäßigen Abständen ins Gefängnis musste. Mal für ein paar Tage, mal für ein paar Monate. In diesen Zeiten konnte sie wieder ein wenig aufblühen. Sie wusste schon gar nicht mehr, wie alles angefangen hatte. Irgendwann war er da gewesen, irgendwann musste sie ja mal einen Mann haben, irgendwann heiraten und irgendwann hatte er sein wahres Ich gezeigt.

Ihr Auge hatte schon fast wieder seine normale Farbe angenommen. Deshalb wagte sie sich auch heute in die Stadt.

Matt war immer dabei. Er gab ihr, so klein er auch war, den Halt, den sie brauchte, um sich den Leuten zu zeigen. Wenn man sie ansprach, wandten sich die Leute immer sehr schnell dem kleinen Matt zu. Mathew, wie er eigentlich hieß, war ein sehr friedliches Kind. Er hatte die schönen Augen seiner Mutter geerbt. Aus ihnen sprühten eine Neugier und eine Freundlichkeit, dass man ihn einfach gernhaben musste. Er war sehr still. Wenn er sprach, tat er dies sehr leise und mit viel Bedacht. Aber seine Augen waren stets wach und er sog alles, was er sah, mit großer Begierde in sich auf.

Nachdem der Bus fortgefahren war und sich die Staubwolke, die er hinterlassen hatte, legte, standen die beiden noch immer Hand in Hand an der Haltestelle. Rebecca nahm einen tiefen Atemzug, um die Frühlingsluft in sich aufzunehmen und um sich etwas mehr Mut zu machen. Matt tat es ihr gleich und strahlte seine Mum dabei an. Dann gingen sie los.

Rebecca trug das kurze Kleid mit den Blumen, das einzig wirklich Hübsche, das sie besaß. Es stammte aus besseren Zeiten und hatte seine besten Zeiten längst hinter sich. Aus Zeiten bevor Tom in ihr Leben getreten war.

Sie gingen in Richtung des Gemischtwarenladens von Mrs. Newman, die von allen in der Stadt nur 'Rosie' genannt wurde. Der Weg führte über den Kirchplatz und am Rathaus vorbei, wo die Kastanien langsam Blätter bekamen. Man konnte den Sommer schon riechen. Alle Leute waren freundlich und schenkten den beiden mal ein Nicken, mal ein Lächeln und manche riefen über die Straße, dass es schön sei, sie auch mal wieder in der Stadt zu sehen. Rebecca erwiderte alle Grüße gleichermaßen, setzte ihren Weg aber unbeirrt mit gesenktem Kopf und dem kleinen Matt an der Hand fort.

Im Laden angekommen waren die beiden nicht die einzigen Kunden. Mrs. Smith, die Frau des Sheriffs, war auch da. Nicht wegen der Einkäufe, sondern um ein ausgedehntes Schwätzchen zu halten. Die Damen saßen an einem kleinen Tisch in der Ecke des Ladens und tranken Kaffee. Sie waren beste Freundinnen.

„Schau, Charlene", sagte Rosie, „bekomme ich heute doch noch Kundschaft."

„Guten Tag, Mrs. Newman und guten Tag, Mrs. Smith!", begrüßte Rebecca die Frauen, ohne ihnen dabei ins Gesicht zu sehen. *Ausgerechnet die Frau des Sheriffs muss hier sein. Sie weiß doch sicher schon von dem ganzen Theater im Mic's.* „Ich störe Sie bestimmt und kann später wiederkommen".

Aber Rosie stand schon vor ihr und protestierte: „Nein, nein, Schätzchen! Das hier ist ein Geschäft und die Tür ist offen. Also bist du willkommen!" Sie wandte sich von ihr ab und beugte sich zu Matt herunter. „Und der kleine Gentleman hier erst recht!" Im nächsten Moment war sie auch schon auf dem Weg hinter ihren Tresen. Sie tänzelte geradezu davon.

Matt bekam das mit, schwang seine kleinen Hüften leicht hin und her und drehte sich ein wenig. Rebecca zog ihn fast unmerklich am Arm und die herrliche Tanzeinlage war beendet.

Hinter ihnen kicherte ein junges Mädchen. Rebecca hatte sie nicht kommen hören. Es war eine kleine Latina mit wahnsinnig vielen dunklen Locken auf dem Kopf. Rosie wandte sich ihr kurz zu, sagte etwas auf Spanisch, das Mädchen antwortete mit „¡Si señora!", machte einen altmodischen Knicks und setze sich zur Frau des Sheriffs.

Rosie konzentrierte sich nun wieder auf ihre Kundschaft und war bereit, alles herbeizuholen, was verlangt werden würde. „So, nun aber zu euch beiden. Was kann ich für euch tun?"

„Ich möchte bitte ein Steak, drei Pfund Kartoffeln und zwei Flaschen Milch."

„Das sollt ihr beiden haben. Bei dem Steak schau ich nach einem extra schönen Stück, damit der junge Gentleman hier etwas ganz Besonderes auf den Teller bekommt und groß und stark wird", sprach sie mit bester Laune. Nachdem sie sich umgedreht hatte, um ins Kühlhaus zu gehen, verfinsterte sich ihre Miene jedoch. Sie wusste genau, wer das Steak bekommen sollte und für wen die Kartoffeln waren. Am liebsten hätte sie das Fleisch vergiftet. Aber sie konnte ja nicht wissen, ob die beiden doch etwas abbekommen oder sich vorher heimlich etwas nehmen würden. Sie kam trotzdem mit einem ausgewählt guten Stück zurück, holte gerade Luft, um nach weiteren Wünschen zu fragen, als sie unterbrochen wurde.

„Mami, die will ich!", sagte Matt sehr laut und eindringlich. Er stand mitten im Laden und hielt eine Tafel Schokolade in der Hand.

Rebecca sah für einen Moment erschrocken aus, fing sich aber gleich wieder, drehte sich zu ihm um und gab in aller Ruhe zurück: „Nein, mein Schatz, dafür haben wir kein Geld. Außerdem ist es schlecht für deine Zähne." Sie wandte sich wieder Rosie zu, um nach der Rechnung zu verlangen.

„Mami?! Muss ich böse werden?!"

Alles in Rebecca zog sich zusammen. Sie konnte sich nicht mehr bewegen und starrte geradewegs in Rosie Newmans Augen. Sie hörte zwar Matts Stimme, aber so hatte er noch nie mit ihr geredet. Es war gerade so, als ob Tom hinter ihr stünde. Sie erwartete schon einen Schlag auf den Kopf oder einen Tritt in den Rücken. Aber es war Matts Stimme! Sie war starr und wollte nicht wissen, wer oder was sich da hinter ihr befand. Ihr wurde übel und sie schloss die Augen, vielleicht wachte sie ja aus dem Albtraum auf.

Rosie hatte noch nie in ein so verzweifeltes Gesicht geschaut. *So muss jemand aussehen, der ein Messer in den Rücken gerammt bekommt und stirbt,* dachte sie.

Rebeccas Lider schlossen sich und augenblicklich rannen Tränen über ihr Gesicht.

„Mami!", tönte es wieder aus der Mitte des Ladens.

Geistesgegenwärtig rief Rosie: „Charlene! Die Tür!"

Die sprang auf, schloss die Tür ab, drehte das Schild im Fenster auf 'Geschlossen' und zog die Vorhänge zu.

„Willst du dich nicht zu mir umdrehen, Mami?". Matts Ton wurde immer lauter und eindringlicher.

Rebecca hatte keinen Halt mehr und fiel auf die Knie.

Rosie stürmte um den Tresen, um sie zu stützen.

Aus der Ecke des Raumes war ein ängstliches „¿Quien es este?" zu hören. Das Mädchen war aufgestanden und kauerte nun in einer Ecke. Sie spürte, dass mit dem Jungen etwas passierte, das nicht richtig sein konnte.

„Dreh dich endlich um, du Schlampe!", brüllte Matt rüde.

Jetzt bekam auch Charlene Angst. Angst vor einem Kind. Sie schaute zu Rebecca am Boden und hockte sich trotzdem instinktiv hinter Matt, um ihn im Zweifelsfall festzuhalten.

Rosie hielt Rebecca fest, von der nur noch ein Häuflein einer verzweifelten Frau übrig war. Sie sah sich um und ihr Blick fiel auf Matt. Da stand nicht mehr der kleine süße Junge von eben. Er schien etwas gewachsen zu sein. Seine Augen waren viel kleiner, rot unterlaufen und starrten wie gebannt auf Rebecca. Alle Muskeln waren angespannt. Er sah aus wie ein wildes Tier, das sich gleich auf seine Beute stürzen würde.

„Dreh dich endlich um, du Scheißkuh!", brüllte er weiter.

Rebecca schüttelte den Kopf. Sie wollte sterben, wirklich und richtig sterben. Kein Albtraum hätte schlimmer sein können. Ihr Gesicht, ihre Haare, ihre Hände, das Kleid, alles war von Tränen durchnässt. Sie schluchzte ohne Unterbrechung und war völlig gelähmt. Nur der Tod erschien ihr in diesem Moment der einzige Freund zu sein.

Matt hörte nicht auf: „Dumme Hure! Muss ich auch noch zu dir kommen!"

Rebecca wollte schreien. Aber alles, was sie noch hervorbringen konnte, war nur ein erstickendes „Nein! Bitte nicht!"

Matt setzte sich in Bewegung. Charlene war schneller und hielt ihn fest. Kaum hatte sie ihn gepackt, spürte sie die unglaubliche Kraft des kleinen Jungen. Sie rief nach Rosie. Die ließ Rebecca vorsichtig los, um ihr zu helfen. Matt besaß mindestens die Kraft eines Teenagers, sie hatten große Mühe, ihn zu bändigen.

„Lasst mich los, ihr Drecksweiber!" Matt zerrte wie wild geworden, aber sie hielten ihn fest.

„¡Chico! ¡Envíalo lejos! ¡Chico!", rief das Mädchen panisch vor Angst aus der Ecke.

„Rebecca!", rief Rosie. „Rebecca! Sie müssen ihn zur Vernunft bringen! Egal wie! Wir helfen Ihnen!" Sie und Charlene hatten immer mehr Mühe, diesen kleinen Muskelberg unter Kontrolle zu halten. „Rebecca!"

„¡Chico! ¡Chico! ¡Envíalo lejos! ¡Envíalo lejos!", rief das Mädchen wieder.

Rebecca fing an, sich zu bewegen. Langsam und gegen die Ohnmacht kämpfend. „Warum tust du mir das an, mein Herz?"

Tatsächlich zeigte es Wirkung und Matt wurde etwas ruhiger.

„Weiter so!", flüsterte Charlene.

Rebecca drehte sich um. Noch immer mehr sterbend als lebendig. „Du bist mein Licht, meine Hoffnung! Mein Herz, warum tust du mir das an?" Sie wurde immer lauter. „Ich dachte, du befreist mich eines Tages von ihm. Warum tust du mir das an?" Jetzt schrie sie. „Ich habe mich verloren! Ich will nicht auch noch dich verlieren!" Sie schrie all ihre Verzweiflung und all ihre Angst ihrem kleinen Sohn ins Gesicht: „Mathew, warum tust du mir das an? - Mathew, mein Herz! - Mathew!" Dann brach sie zusammen und konnte nur noch schluchzen und weinen.

Matt fing an, sich zu entspannen, und bald konnten die Frauen ihn loslassen.

Rosie deutete Charlene, bei Matt zu bleiben, und ging zu dem Mädchen. Sie nahm sie in den Arm und sprach leise auf Spanisch mit ihr.

Matt sackte zusammen, aber Charlene fing ihn auf und hielt ihn im Arm. Er schüttelte sich, stand auf und war wieder der kleine süße Junge. Mit dem Szenario, das sich ihm bot, war er völlig überfordert und suchte nach seiner Mum, die immer noch schluchzend am Boden lag. Er rannte zu ihr, warf sich förmlich auf sie, um sie zu umarmen und zu beschützen.

Rebecca zuckte bei der ersten Berührung von Matt zusammen, als erwarte sie Schlimmes von ihm, entspannte sich aber gleich wieder, als sie spürte, dass es vorbei war.

„Warum weinst du denn, Mami?", fragte er und fuhr mit seiner kleinen Hand zärtlich über ihr Gesicht.

„Ich dachte, ich hätte dich verloren, mein Herz."

„Aber ich bin doch hier, Mami. Ich war doch gar nicht weg."

Rosie war mal wieder allen anderen mit ihren Ideen voraus. Sie kramte nach dem Schild 'Aus gesundheitlichen Gründen vorübergehend geschlossen' und hing es an die Tür. Als Nächstes ging sie zu Charlene und flüsterte ihr ins Ohr: „Kann dein Mann ihn nicht wegen der Geschichte von gestern festnehmen? Nur bis morgen früh oder so? Erzähl ihm, was hier passiert ist. Aber nur ihm!"

Nachdem Charlene zur Tür hinausgeeilt war, saßen die anderen vier auf dem Fußboden im Laden und versuchten, zu verstehen, was gerade passiert war.

„Der Laden bleibt den Rest des Tages geschlossen. Wir alle haben uns erst einmal eine Pause verdient", beschloss Rosie.

Rebecca kam auch langsam wieder zu Kräften und wurde sofort panisch. „Komm, Matt! Wir müssen nach Hause!" Hektisch nahm sie Matts Hand und stand auf. „Danke für Ihre Hilfe, Mrs. Newman! Das tut mir alles so leid! Bitte entschuldigen Sie! Was bin ich Ihnen schuldig? Wir müssen nun wirklich los."

Doch Rosie entgegnete: „Sachte, sachte Schätzchen! Fünf Minuten hast du doch noch, oder? Außerdem glaube ich nicht, dass du so auf die Straße willst." Sie deutete auf Rebeccas Kleid. „Vielleicht möchtest du erst mal zur Toilette gehen. Wir passen so lange auf den Gentleman hier auf."

Rebecca betastete ihr Gesicht und zog ihr Kleid nach unten, um zu sehen, ob sie es sehr schmutzig gemacht hatte. Dabei entblößte sie einen Brandfleck auf ihrer Brust, der zweifellos von einer Zigarette stammte. Schnell schob sie den Stoff wieder darüber und tat, als würde sie ihr Dekolleté richten wollen. Dabei stellte sie sich allerdings so ungeschickt an, dass sie die Aufmerksamkeit der anderen beiden auf sich zog.

Rosie tat, als hätte sie nichts gesehen, schaute aber gleich sehr ernst und leicht kopfschüttelnd zu dem Mädchen.

Rebecca hockte sich vor Matt und sah ihn an. Die Dinge zwischen ihnen hatten sich gerade eben verändert. „Mami geht nur mal schnell zur Toilette. Mrs. Newman ist eine sehr liebe Frau und passt so lange auf dich auf, okay?"

„Okay, Mami!", sagte er und sah sie endlich wieder mit seinen großen dunklen Augen an. Trotzdem. Der Unbeschwertheit ihrer Liebe war nun eine eiserne Kugel ans Bein gekettet. Im Weggehen hörte sie Rosie sagen: „Also, Matt, das hier ist Maria. Maria, ese es el pequeño Matt."

Auf der Toilette erschrak Rebecca beim Anblick ihres Spiegelbildes. Ihre Augen waren vom Weinen geschwollen und rot unterlaufen, sie war aschfahl, die Haare waren komplett durcheinander und strähnig und ihr Kleid war völlig durchnässt. Nie im Leben könnte sie das in ein paar Minuten so hinbekommen, dass Tom nicht gleich wieder ausflippen würde, wenn sie so nach Hause käme. Sie hörte das Telefon im Laden klingeln, konnte jedoch kaum verstehen, was Rosie sprach. Nur einen kurzen Satz konnte sie aufschnappen: „Na Gott sei Dank!"

Neue Kollegen

2016

Es war Montagmorgen, 5:30 Uhr, und noch dunkel, als sich Kim durch Pfützen stapfend ihren Weg in Richtung Polizeistation bahnte. Der Dienst sollte in anderthalb Stunden beginnen. Sie hatte vor Aufregung schlecht geschlafen. Ihr Magen rebellierte, aber das kannte sie schon. Ihr wurde immer übel, wenn sie allein etwas völlig Neues beginnen musste. Den ersten Tag am College hatte sie fast komplett auf der Toilette verbracht. Wenigstens konnte sie auf diese Weise niemals zu spät kommen. Sie war noch etwa 50 Meter von der Wache entfernt. Im Licht der Laternen konnte sie die drei Streifenwagen erkennen. Ein Weiterer hielt gerade an. Matt stieg aus und ging zügig in die Wache. Für einen Moment ging es ihr noch schlechter als zuvor. Augenblicklich drehten sich die Gedanken um ihn und den gestrigen Abend. Nach der Aktion mit dem versteckten Wasser in der Bierflasche hatte er auf jeden Fall einen Stein bei ihr im Brett. Wenn sie es richtig verstanden hatte, war das bisher ein kleines Geheimnis zwischen Matt und Mic. Wie kam er aber darauf, gerade sie einzuweihen? Er kannte sie noch nicht einmal. Den Rest des Abends hatten sie sich noch lange und gut über Gott und die Welt unterhalten. Eigentlich war es nur ein ausgedehnter und sehr angenehmer Smalltalk gewesen, umso weniger verstand sie nun ihre Aufregung vor ihrem ersten Dienst. Beth und Till hatte sie ja auch schon kennengelernt. Die Begegnung mit Till hatte sie zwar einigermaßen mitgenommen, aber mit

Matt und Beth an ihrer Seite sah sie da keine unlösbaren Probleme auf sich zukommen. Es gab noch zwei weitere Deputies, Paul und Evan, die Matt zufolge aber eher ruhige und gesetzte Zeitgenossen waren. Also warum war sie so aufgeregt und warum blieb sie fast stehen, als sie Matt aus dem Wagen steigen sah? Ihr Plan war, sich allein und in Ruhe Paul und Evan vorzustellen, ihren Spind in Beschlag zu nehmen und sich mit der hoffentlich vorhandenen Kaffeemaschine anzufreunden. Was wollte Matt so früh hier? Musste er gleich am ersten Tag ihre Pläne durchkreuzen? Sie überlegte tatsächlich, in die Pension zurückzukehren und dort noch eine Stunde zu warten, aber Marias Ermahnung wirkte noch immer: „Du willst uns hier alle beschützen, da kannst du doch keine Angst vor uns haben!" Leider war Maria nicht da, um Matt bewusstlos zu schwatzen. Kim war so in ihre Gedanken vertieft, dass sie gar nicht merkte, wie sie weitergelaufen war und auf einmal vor der Glastür der Polizeistation stand. Es half nichts. Sie musste hineingehen, denn ein irischer Rotschopf in den Dreißigern, mit Sommersprossen, einer spitzen Nase und verschmitzten Augen hatte sie schon entdeckt.

Sie hatte die Tür gerade zur Hälfte geöffnet, da stand der Rotschopf auch schon vor ihr und begrüßte sie mit den Worten: „Guten Morgen, du musst Kim sein! Schön, dich kennenzulernen. Ich bin Evan Foley. Paul ist gerade für kleine Jungs, aber der Sheriff ist schon da. Du kannst bestimmt direkt zu ihm gehen. Das letzte Büro rechts." Er gab den Weg frei, um sie in den kleinen Flur gehen zu lassen.

Kim war beruhigt. Evan schien in der Tat ein sehr umgänglicher Mensch zu sein. Sie strahlte ihn vor Erleichterung an, als sie ihm die Hand reichte. „Guten

Morgen! Dann will ich das mal gleich hinter mich bringen", sagte sie und ging in Richtung des Büros. Dort angekommen warf sie Evan noch einen fragenden Blick zu und deutete auf die Tür.

Der nickte, setzte ein verständnisvolles Lächeln auf und machte mit der Hand Klopfbewegungen in die Luft, um sich gleich darauf wegzudrehen und zu verschwinden.

Kims Magen schien jetzt direkt unter ihrem Hals zu liegen und ihr Herz schlug spürbar. *Warum macht mich dieser Kerl denn jetzt noch so nervös? Ich habe ihn doch schon vor Stunden kennengelernt.* Sie klopfte an und bekam keine Antwort. Sie klopfte ein zweites und ein drittes Mal und noch immer herrschte Stille. Also fasste sie sich ein Herz und trat ein. Das Büro war ziemlich klein. Matt saß hinter seinem Schreibtisch mit einer Akte in den Händen. Nein! Mit *ihrer* Akte in den Händen! Augenblicklich bekam sie feuchte Hände. Ihr Herz schien so laut zu schlagen, dass man es noch draußen im Regen hätte hören müssen. „Guten Morgen, Matt ... ähm ... Sir ... ähm ... Sheriff!" Nun war sie komplett durcheinander und verzweifelt. Sie wollte sich nur noch auf den Stuhl vor dem Schreibtisch setzen und in sich zusammensacken.

„Guten Morgen! Matt, einfach nur Matt", sagte er, „setz dich und versuche, dich zu entspannen. Ich kann nur raten, wie es dir gerade geht. Ich selbst habe immer nur diese Stadt gekannt. An deiner Stelle würde ich wohl gerade lieber sterben, als mutterseelenallein einen neuen Job am Arsch der Welt anzutreten."

Kim hatte nach dem „Setz dich" kein weiteres Wort mehr wahrgenommen und sich in den Stuhl fallen lassen.

„Du bist früh", stellte er fest.

„Ich habe nicht so gut geschlafen und bin wohl ein wenig aufgeregt."

„Dafür gibt es in Riverside keinen Grund. Hier passiert eigentlich nie etwas Unvorhergesehenes."

„Wofür bin ich denn hier?"

„Das fragen wir uns auch manchmal. Aber gerade jetzt, da es wieder anfängt zu regnen, wirst du es bald erfahren. Unser Fluss verwandelt sich regelmäßig in einen riesigen Sturzbach. Dann sind alle Hände gefragt."

„Habt ihr keine Feuerwehr?"

„Haben wir, aber unsere Feuerwehr ist freiwillig. Wir übernehmen einige von deren Aufgaben."

„Muss ich hier brennende Häuser löschen?"

„Nein, das machen die schon selbst, aber die Sicherheit rund um den Fluss liegt in unserer Hand, ebenso die Rettung von Menschen aus dem Fluss."

„Also gehe ich hier bald baden."

„Wenn du möchtest, gerne. Aber das hat noch Zeit. Vorerst reicht es, wenn du weißt, wie die Abläufe sind und was es im Einsatzfall alles am Ufer zu tun gibt."

„Und warum stellt ihr dann Deputies ein und keine Feuerwehrleute?"

„Deputies sind billiger und kümmern sich nebenbei noch um die Ordnung in der Stadt. Außerdem brauchen wir langsam einen Nachfolger für Paul. Er ist immerhin schon 62."

„Ihr seid hier ziemlich ehrlich und direkt, was?! Du bist übrigens auch früh", entgegnete sie, um das Gespräch in eine andere Richtung zu lenken.

Matt sah sie an, als müsste er angestrengt überlegen und sagte etwas zu hektisch: „Ich bin wegen dir so früh hier", und nach einer viel zu langen Pause fügte er noch hinzu:

„Ich habe mir noch einmal in Ruhe deine Akte angesehen und wollte da sein, wenn du zum zweiten Mal auf Tilman triffst. Er muss seinen Platz im Leben noch finden und weiß oft nicht, wie er sich zu benehmen hat. Im Grunde ist er aber ein lieber Kerl, du wirst sehen."

Kim spürte, ihn bei einer Lüge zu erwischen, war sich aber nicht sicher und beschloss, mit banaleren Fragen weiterzumachen: „Habe ich denn schon einen Spind und ist meine Uniform schon da? Was aber viel wichtiger ist, gibt es hier irgendwo Kaffee?"

Matt lächelte erleichtert. „Die Uniform liegt schon in deinem Spind. Ich zeig es dir gleich und Kaffee ist eine super Idee! Beth hat vor einiger Zeit auf so einen neumodischen Vollautomaten bestanden." Er ging um den Schreibtisch herum, um die Tür zu öffnen. Kim erhob sich einen Moment zu früh. Nur eine Sekunde lang standen sie sich schweigend gegenüber und sahen sich an.

Es klopfte kurz und energisch an der Tür, die gleich darauf aufsprang. Ein gut aussehender und sehr sportlicher Mann mit grauen Locken und Dreitagebart betrat das Büro, ging auf Kim zu und stellte sich als Paul Sanders vor. Er sah bei weitem nicht wie 62 aus.

Kim war umgezogen und trank gerade mit Paul und Evan einen Kaffee, als sie noch einmal zu Matt ins Büro kommen sollte. Nachdem sie eingetreten war, bat er sie mit den Worten: „Komm her, das wird witzig" ans Fenster. Er löschte das Licht. „So können sie uns nicht sehen", war seine Erklärung dazu.

Durch das Fenster in der Ecke konnte man den Parkplatz hinter der Wache einsehen. Ein Kombi hatte gerade angehalten, Till stieg auf der Beifahrerseite und Beth auf der

Fahrerseite aus. Till schien ein wenig aufgewühlt zu sein und redete pausenlos auf Beth ein.

Matt war mittlerweile an Kim herangetreten und versuchte, durch das schmale Fenster, das ein wenig geöffnet war, auch etwas zu sehen und zu verstehen.

„Ich begreife das einfach nicht", sagte Till aufgeregt. „Keiner in der Stadt hat jemals davon trinken dürfen, nur Matt und Mic. Dann kommt sie, ist gerade mal eine Minute in der Bar und ‚tadaaa' bekommt sie eine Flasche. Hast du ihr Gesicht gesehen? Ich will wissen, was Mic da hineinschüttet."

Kim musste ein schallendes Lachen unterdrücken. Als sie schauen wollte, wie Matt reagierte, stellte sie fest, dass er sie wohl die ganze Zeit angesehen haben musste. Sie quetschte sich noch etwas mehr in die Ecke und gab ihm mit einem Kopfnicken zu verstehen, dass er näherkommen sollte, um auch genug sehen und hören zu können. Matt kam näher und ihre Körper berührten sich. Plötzlich schien alles still zu sein. Keiner wagte es, sich zu bewegen. Sie waren sich beide nicht sicher, ob der andere diese Berührung auch spürte und keiner wollte, dass es aufhörte.

„Ich muss es einfach wissen." Mit diesen Worten holte Tills lauter werdende Stimme die beiden in die Realität zurück.

Matt schloss leise das Fenster und setzte sich auf seinen Stuhl, während Kim zur Tür ging und das Licht wieder einschaltete.

Als sie den Türknauf in der Hand hatte, drehte sie sich noch einmal lachend zu Matt um: „Das war wirklich gut."

„Ja, das war es", gab er lachend zurück.

Sie sahen sich in die Augen und versuchten, sich damit zu sagen, dass sie nicht Till gemeint hatten.

Beth und Till bekamen die Aufgabe, Kim die Stadt zu zeigen. Sie sollten dafür den Pick-up-Truck nehmen, in dem sich die Ausrüstung für die Flussrettung befand. Er stand in einer Garage hinter der Wache und wurde viel zu wenig bewegt. Auf dem Weg zum Wagen bat Kim darum, fahren zu dürfen, weil sie sich so besser die Straßen und Wege einprägen könne. Prompt bekam sie von Beth die Schlüssel zugeworfen.

Till hatte sofort ein riesengroßes Grinsen im Gesicht und beeilte sich, die Fahrertür als Erster zu erreichen.

Beth sah ihn fragend an.

Kim aber wusste sofort, was folgen sollte. Augenblicklich befand sie sich in dieser altvertrauten Schutzhaltung und war bereit, in ihr Schneckenhaus zu flüchten. Aber Beth war an ihrer Seite und sie nahm allen Mut zusammen, um sich der Situation zu stellen, wenn es auch schwerfiel, die aufsteigende Panik im Zaum zu halten. „Respekt, Till", sagte sie. „*Das* hat sich nun wirklich noch niemand getraut."

„Was?", antwortete er und setzte eine Unschuldsmiene auf.

„Mach nur weiter! Du wirst maximal Beth überraschen. Mich nicht."

Beth hatte nur eine vage Ahnung davon, was nun folgen würde. In drei Schritten war sie bei Till und machte sich bereit, ihm wieder einmal einen Schlag auf den Hinterkopf zu verpassen. „Was hat sich noch keiner getraut und womit will er mich überraschen?"

„Lass ihn nur machen. Darauf warte ich schon seit Jahren. Du kannst die Hand herunternehmen."

„Hey, ich will aber auch meinen Spaß haben!"

„So macht das aber keinen Spaß", resignierte Till und wollte gerade ums Auto gehen.

Beth hielt ihn fest: „Du bleibst schön hier und tust, was du tun wolltest, sonst gibt es grundlos eine!"

Er schämte sich, aber tat wie Beth ihm befohlen hatte, entriegelte den Wagen mit seinem Zweitschlüssel, öffnete die Fahrertür und sagte eher gelangweilt zu Kim: „Hey, Hightower, soll ich für dich den Vordersitz herausnehmen, wenn du fahren willst?" Kaum hatte er die Worte ausgesprochen, senkte er den Kopf und ging um den Wagen zur rechten Hintertür.

Kim wollte vor Freude am liebsten schreien, tanzen und weinen. Beth und sogar Till vor Dankbarkeit in die Arme fallen. Es war vollbracht! Die Hürde, eine solche Situation als Sieger zu überstehen, war gelungen. Endlich! Zum ersten Mal!

Beth konnte sich ein Lachen nicht verkneifen, vergaß dabei aber nicht, Till für seine dummen Ideen zu beschimpfen.

Matt hatte sich das Schauspiel vom Fenster seines Büros aus angesehen und blieb noch stehen, um sie beim Wegfahren zu beobachten.

Kim sah ihn aus den Augenwinkeln und drehte nur leicht den Kopf in seine Richtung.

Für Beth und ihre feinen Antennen war das schon mehr als genug, um sich zu fragen, was hier los war. Sie schaute zu Kim, durch die hintere Seitenscheibe zu Matt und wieder zu Kim. „Nicht euer Ernst?!"

„Was?!", antworteten Kim und Till gleichzeitig.

Beth setzte ein zufriedenes Lächeln auf und sagte, ohne sich umzudrehen: „Tilman, mein Lieber, ich fürchte, du wirst niemals in den Genuss von Mic's Spezialbier kommen."

Beth ließ Kim erst durch die ganze Stadt fahren. Gefühlt waren sie in jeder Straße und über fast jedes Haus und seine Bewohner gab es etwas zu berichten. Später ging es ins Umland zu den Farmen und den Häusern, die einmal zu einer Farm gehörten, aber immer noch bewohnt waren. So langsam wurde Kim klar, warum man hier drei Streifenwagen brauchte. Außerhalb der Stadt war alles sehr weitläufig. Beth erklärte praktisch die ganze Zeit über, bis sie an ein altes Haus kamen, das verlassen schien. An der halb verwitterten Holzfassade stand ein Gerüst. Das Dach musste in den letzten Jahren mehrmals repariert, aber nie erneuert worden sein. Jemand kümmerte sich gerade so viel um das Haus, damit es nicht zusammenbrach. Beth wurde still und sah bedrückt aus. Till, der ab und zu einen Kommentar abgegeben hatte, sagte auch nichts mehr.

„Ist das euer Spukhaus? Habt ihr Schiss?", fragte Kim und wollte die Laune im Wagen wieder heben.

„Das ist Matts Elternhaus", erklärte Till, „er kommt ab und an hierher und sieht nach dem Rechten. Schlimme Dinge sollen darin mit ihm und seiner Mutter passiert sein. Genau weiß das aber niemand. Und er redet niemals darüber."

Kim stoppte den Wagen und schaute auf das Haus, als wollte sie aus der Ferne hineinsehen.

Irgendwann fand auch Beth ihre Sprache wieder: „Alles, was du jemals darüber hören wirst, sind Gerüchte, auf die du nichts geben darfst. Es sei denn, Matt oder Bill, unser alter Sheriff und Matts Stiefvater, erzählen es dir. Bills Frau, Charlene, ist vor ein paar Jahren gestorben. Sie hätte vielleicht auch noch einiges gewusst. Aber keiner von den dreien hat jemals ein Wort darüber verloren. Fahr bitte weiter, ich bin hier nicht gerne."

Später führte ihr Weg sie auch zur Brücke. Es gab nur eine Straße in die Stadt und die führte darüber. Sie überspannte den Fluss, der ab sofort auch in Kims Zuständigkeit fiel.

„Praktisch jedes Mal, wenn es in den Bergen regnet, und es regnet oft in den Bergen, macht er uns Scherereien", erklärte Beth.

Auf beiden Seiten des Flusses hatte man über mehrere Meilen einen einigermaßen befahrbaren Weg angelegt. Sie fuhren beide komplett ab. Dabei zeigten sie Kim alle Stellen, an denen man im Zweifelsfall den Weg wieder verlassen konnte, und alle Stellen, an denen ein Betonpfosten mit mehreren eingelassenen Metallösen stand, um daran Seile zu befestigen. Für Matt, Paul und Beth gab es im Pick-up-Truck riesige Taschen mit je einem Neoprenanzug, einer Schwimmweste, einem Helm und noch etlichen Utensilien mehr. Außerdem war der Heckaufbau bis unters Dach mit unendlich vielen Seilen und anderem Kletterequipment vollgestopft, damit sich notfalls jemand in den Fluss herunterlassen konnte. Dementsprechend waren auch immer die Dienste aufgeteilt. Einer von den dreien war immer im Dienst. So langsam bekam Kim Respekt vor dem Fluss, der momentan keine 10 Meter breit und höchstens einen halben Meter tief war. Das Flussbett allerdings hatte eine Tiefe von etwa 4 Metern und war bis zu 30 Meter breit. Sie bekam auch einigen Respekt vor der ganzen Ausrüstung. Sie hatte sich noch nie mit dem Klettern oder gar mit dem Schwimmen an Seilen in einem reißenden Fluss beschäftigt.

Angeblich würde das einem mit der Zeit in Fleisch und Blut übergehen, erklärten ihr Beth und Till.

Wieder auf der Straße befand Beth, dass es Zeit für eine Kaffeepause sei und sie machten sich auf den Weg zu Marias Tankstelle. Auf halbem Weg schoss direkt vor ihnen ein Wagen aus einer Einfahrt und jagte davon.

„Bleib mal dran", sagte Beth, „das sind Tills Spezialfreunde und sie haben gerade mindestens ein Gespräch gewonnen."

Der Wagen fuhr tatsächlich auch zur Tankstelle und hielt an einer der Zapfsäulen an.

„Till, geh und lerne!", sagte Beth.

Till stieg aus, zog sein Regencape über und ging zu dem Wagen, der nun vor ihnen stand.

„Wollen wir nicht aussteigen und absichern? Das sind immerhin vier Mann", gab Kim zu bedenken.

„Alles gut", antwortete Beth. „Die Jungs waren schon in der Schule scheiße zu ihm. Er muss sich so langsam mal ihren Respekt verdienen. Allerdings tut er sich etwas schwer damit. Grundsätzlich sind die aber ungefährlich."

Kim beobachtete das Geschehen eine Weile. Tills Körpersprache verriet, wie verschüchtert er war. Er lehnte sich in das offene Fenster der Fahrertür und versuchte doch tatsächlich cool oder nett zu wirken. Er tat ihr leid. Sie sah Beth an und sagte: „Das ist doch alles scheiße!"

„Ist es! Aber er muss es irgendwann allein schaffen."

„Was muss passieren, damit sich einer von denen über einen Polizisten beschwert?"

„Du müsstest ihnen Hausverbot im Mic's erteilen oder sie erschießen. Schlimmer kannst du die Jungs nicht treffen. Warum?"

„Ich habe etwas vor und lass bloß das dämliche Regencape im Wagen! Bist du dabei?"

„Klar, ich bin gespannt!"

Sie stiegen aus. Kim rief Till zu sich und deutete mit dem Kopf auf das Regencape: „Zieh das Scheißding aus, sei ein Mann und tu, ohne zu zögern, was Beth tut! Hast du mich verstanden?"

Er nickte.

Nachdem Till das Cape abgelegt hatte, ging sie zu dem Wagen und blieb an der Fahrertür stehen. „So die Herren, dann mal alle aussteigen, zu meinen Kollegen gehen und die Hände auf das Dach des Polizeiwagens legen." Gekicher war aus dem Inneren des Wagens zu hören. Sie sah zu Till und Beth. Beide setzten sich in Bewegung. Kim streckte sich ein wenig, um die hintere Tür zu öffnen, und sagte weiter: „Sind sich die Herren zu schade, bei dem schlechten Wetter einen Spaziergang zu machen? Die Deputies Malone und Shoemaker helfen gerne!"

Beth beugte sich in den Wagen und wollte gerade Hand an einen der Jungs legen, als Till wortlos die Beifahrertür öffnete, um einen weiteren aus dem Wagen zu ziehen. Ein allgemeines „Ja, ja, wir kommen ja schon" war zu hören. Beth und Till traten einen Schritt zurück und begleiteten die drei Mitfahrer zum Pick-up.

Der Fahrer hielt Kim seine Papiere aus dem Fenster und sagte mit überspitzter Freundlichkeit: „Ich kann leider nicht aussteigen, ohne sie zu berühren, Deputy."

„Ach", antwortete Kim und trat einen Schritt zurück. „Der Junge hat seine Sprache wiedergefunden. Na, aber mal husch husch, raus aus dem Wägelchen, oder darf ich helfen?" Die Tür öffnete sich, und der Fahrer, ein junger Mann, der sich wohl lieber betrank und prügelte, anstatt einer geregelten Arbeit nachzugehen, stieg aus. Kim wartete gar nicht erst bis, er sich aufgerichtet hatte. „Sie haben die Vorfahrtsregeln missachtet, sind mit überhöhter Geschwindigkeit gefahren, haben mehrfach nicht geblinkt und waren nicht angeschnallt. Drehen Sie sich bitte um!"

Der junge Mann folgte dem Befehl, grinste jedoch dabei so breit, dass Kim es mitbekommen musste. Sie ließ sich nicht irritieren und fuhr fort: „So, mein Kleiner! Da links am Lenkrad ist ein Hebelchen, wenn du das hoch und runter bewegst, machen die kleinen bunten Lichter draußen am Auto ganz witzige Sachen. Und jetzt beweg den Hebel!"

Der Fahrer drehte sich zu ihr um und schaute sie verdutzt an.

„Den Hebel bewegen!", wiederholte sie.

Er bewegte den Blinkerhebel und nachdem das erste Klacken zu vernehmen war, hörte er: „Und jetzt machen wir beide einen Spaziergang um deine Schrottkarre und dabei erklärst du mir jedes einzelne Lämpchen!" Er schaute zum Pick-up und sah, wie seine Freunde im Regen und mit den Händen auf dem Dach des Polizeiwagens standen. Alle drei machten einen ziemlich genervten Eindruck.

„Auf nun!", bekam er wieder zu hören und beschloss zu tun, was Kim verlangte, ging mit ihr um den Wagen und erklärte ihr zähneknirschend alle Lichter.

Nachdem sie wieder an der Fahrertür standen, trat Kim sehr nahe an ihn heran, machte ein konzentriertes Gesicht, atmete hörbar durch die Nase ein und fragte: „Hast du etwa getrunken?"

„Nein!", bekam sie sofort zur Antwort, aber es war egal, denn was nun folgen sollte, hatte schon vor fünf Minuten festgestanden. Sie ging so weit von dem Fahrer weg, dass sie nicht mehr unter dem Dach der Tankstelle stand. „Schau mich an und komm, ohne auf den Boden zu sehen, auf einer geraden Linie auf mich zugelaufen!"

Er lief los und nachdem er vor Kim angehalten hatte, ging sie noch einen Schritt auf ihn zu. So nah, dass sie beinahe seinen Atem spüren konnte. Ihr war der Regen egal. Sie blieb starr stehen und sah auf ihn herab. Ihn nervte jeder Tropfen, der sein Gesicht traf, weil er zu ihr hinaufschauen musste. Genau so wollte sie ihn haben und sie redete so leise mit ihm, dass niemand anderes es hören konnte: „Also, dein Name ist mir scheißegal und ich werde hier das erste und letzte Mal ein Gespräch mit dir führen. Du schnallst dich ab sofort an, blinkst, wenn es sein muss, und fährst einen vernünftigen und ruhigen Stil und ...", sie wurde etwas lauter und hob den Zeigefinger, „Deputy Shoemaker wird ab heute mit dem allergrößten Respekt behandelt. Sonst komme ich in zivil und dann lernst du Deputy Malones böse, kleine Schwester kennen. Ist das klar?"

Der Fahrer war einigermaßen verwirrt und sagte nichts.

„Ich höre dich gar nicht 'ja' sagen!", fuhr Kim ihn an.

Er nickte nur hektisch.

„Jetzt aber schnell ins warme Auto, damit der Junge sich keinen Schnupfen holt", sagte sie.

Er lief zu seinem Wagen.

Auf ein Zeichen ließen Beth und Till die anderen Jungs auch gehen.

Maria hatte wie immer alles beobachtet und schon drei Tassen Kaffee auf den V8-Tisch gestellt.

Kim war voller Adrenalin. Sie zitterte so sehr, dass sie die Tasse kaum halten konnte, und sagte zu Till: „Niemand behauptet, es wäre leicht, selbstbewusst daher zu kommen.

Du brauchst jemanden, dem du deine Schwächen zeigen kannst. Aber das sind definitiv nicht diese Typen von eben."

„Danke!", sagte Till. „Du bist nicht nur echt groß, sondern auch noch klug und witzig!"

In Gedanken wünschte sich Kim zu Matt, um wieder mit ihm am Fenster zu stehen und um ihn wieder spüren zu können.

Der Eimer

1977

Der Streifenwagen hielt vor dem Haus, als Rebecca gerade die Wäsche neben dem Schuppen hinterm Haus aufhing.

Es war ein warmer Sonntagnachmittag und Bill hatte es genossen, mit offenen Fenstern zu fahren. Er ging nach Rebecca rufend um das Haus und sah als erstes Matt.

Der hielt ein kleines Bastkörbchen in der einen Hand und eine Wäscheklammer, die er in die Höhe streckte, in der anderen. Kurz darauf erschien Rebeccas Arm zwischen zwei großen Laken, nahm sich die Klammer und verschwand wieder. Matt nahm sofort eine neue Klammer aus dem Körbchen und hielt sie wieder in die Höhe.

„Guten Tag, ihr beiden!", sagte Bill.

Rebecca schaute zwischen den Laken hervor, strich sich die Haare und die Schürze zurecht, senkte ihren Blick und ging auf Bill zu.

Matt hingegen rannte gleich ins Haus, als ob er sich verstecken wollte.

„Guten Tag, Sheriff Smith", gab sie zurück. „Was kann ich für Sie tun?"

„Zunächst einmal nennen Sie mich bitte Bill. Alle tun das. Sheriff Smith hört sich so alt an."

„Okay, Bill", stotterte sie und fühlte sich dabei gar nicht wohl.

Vor fünf Tagen war Bill schon einmal hier gewesen, um Tom festzunehmen. Er und drei Deputies waren nötig gewesen, um ihn in einen Streifenwagen zu packen. Jeder

der vier hatte mindestens eine kleine Blessur davongetragen. Tom war nachts zuvor betrunken mit dem Auto unterwegs gewesen und hatte dabei einen Mann angefahren.

Rebecca wollte deswegen am liebsten vor Scham im Boden versinken und nun sollte sie den Sheriff auch noch beim Vornamen nennen. Das passte in ihrer Welt überhaupt nicht zusammen. „Bill", stotterte sie weiter, „möchten Sie hereinkommen und einen Kaffee trinken?"

Bill hätte das Angebot zu gern angenommen, aber er wusste, dass sie ihm die letzten Reste aus ihrem Vorratsschrank anbieten würde, nur um eine gute Gastgeberin zu sein. Er lehnte dankend ab. „Ich möchte mich nur mit Ihnen unterhalten und wenn Sie gestatten, mit Ihnen und Ihrem Sohn einen Spaziergang machen."

Nun war Rebecca gänzlich verwirrt und schaute den Sheriff erschrocken und ungläubig an. Warum sollte er gerade zu ihr so nett sein?

Bill hatte damit gerechnet und fuhr fort: „Rebecca, ich kann Ihnen nur helfen, wenn Sie mich um Hilfe bitten. Ich kann auch Ihrem Sohn nur helfen, wenn Sie mich darum bitten." Rebeccas Sorge um Matt war seine einzige Chance, zu ihr durchzudringen und sie dazu zu bringen, endlich Hilfe anzunehmen. „Am Ende unseres Spazierganges liegt mein Haus und Charlene wartet, wenn Sie möchten, mit Kaffee, Kuchen und selbstgemachter Limonade auf uns. Es gibt einen schönen Weg durch das Waldstück hinter Ihrem Haus. Es ist auch keine schwierige Strecke. Man kann sie sich sehr leicht einprägen. Der Weg ist *kinderleicht*. Rebecca, bitte! Verstehen Sie, was ich Ihnen sagen will?"

Rebecca konnte ihm nicht einmal mehr auf die Brust schauen. Ihr Kopf war so weit herabgesunken, dass sie nur noch ihre beiden Schuhpaare sah. Seine, aus schwarzem Leder und auf Hochglanz poliert und ihre, alt, aus billigem Stoff und völlig verschlissen. Sie rührte sich keinen Millimeter. Wollte vor Scham nur noch im Boden versinken.

Bill hatte ihren einzigen wunden Punkt getroffen. Das wusste er. Und Rebecca wollte und konnte sich diese Blöße nicht geben. Das wusste er auch. *Noch nicht.* War die Hoffnung, die er hatte. Er redete weiter: „Ich kann und will Sie nicht zwingen. Tom wird mindestens ein paar Wochen nicht wiederkommen. Ich werde in dieser Zeit noch einige Male nach Ihnen sehen und mein Angebot wiederholen. Sie haben mehr Freunde in der Stadt, als Sie glauben. Für heute werde ich Sie in Ruhe lassen. Auf Wiedersehen!" Er hatte alle Freundlichkeit in seine Worte gelegt und kämpfte damit, seine Enttäuschung zu verbergen. *Vielleicht klappt es ja in zwei Tagen,* dachte er, drehte sich um und ging in Richtung Streifenwagen. Auf halbem Weg hörte er Rebecca leise stottern: „Bitte bleib. - Bill. – Sheriff. - Mister Smith." Ihm fiel ein Stein vom Herzen. Er musste sich zusammenreißen, um ihr nicht vor Erleichterung entgegenzurennen. Mit aller Ruhe, die er aufbringen konnte, ging er wieder zurück und sagte: „Ich weiß, wie schwer das gerade für Sie war. Wirklich! Wir müssen auch nicht viel reden, wir gehen nur den Weg."

Sie konnte ihm noch immer nicht in die Augen schauen und sagte: „Ich fürchte, Matt will nicht mit uns kommen. Sie sollten vielleicht einmal mit ihm reden."

„Was ist denn passiert?"

Rebecca erzählte ihm, wie Matt am Morgen auf einmal mit einem Eimer vor ihr gestanden hatte. Erst nach einigem Fragen hatte sie herausgefunden, dass er den Eimer vom Haus aus gesehen haben musste und war dann wohl heimlich über die Straße gelaufen, um ihn sich aus dem Straßengraben zu holen. Sie hatte ihm erklärt, dass der Eimer jemandem gehöre und er ihn sich nicht einfach nehmen könne. Wenn er jemandem etwas wegnehme, komme die Polizei und hole ihn ab, so wie seinen Dad. Nun war die Polizei tatsächlich gekommen und er hatte sich im Haus versteckt.

Bill musste schmunzeln „Ich habe so eine Ahnung, wem der Eimer gehört. Dem alten Roger. Er wird froh sein, wenn ich ihm nicht schon wieder seine verlorenen Gerätschaften nach Hause bringe. Nie befestigt er die Sachen vernünftig an seinem Schlepper. Vielleicht holen Sie den Kleinen mal und ich sehe, was ich machen kann."

Rebecca ging ins Haus und rief nach Matt. Ein paar Minuten später kam sie wieder mit ihm heraus. Sie schob ihn regelrecht aus der Tür und stellte ihn vor dem Sheriff ab.

Bill hockte sich hin und streckte ihm die Hand entgegen. „Hallo, Mathew! Ich wünsche dir einen guten Tag!"

Rebecca musste Matt leicht von hinten anstoßen, damit er dem Sheriff wenigstens die Hand gab.

„Weißt du, warum ich hier bin?"

Matt schüttelte den Kopf und biss sich auf die Lippen.

„Jemand war bei mir, weil er seinen Eimer sucht. Er muss ihn hier irgendwo verloren haben und ich versuche, ihn zu finden. Das ist mein Job. Du kannst mir dabei helfen, wenn du mir sagst, ob du einen Eimer gesehen hast."

Matt wurde sehr verlegen und eine Träne kullerte über sein Gesicht, dann aber zeigte er mit einem Finger in Richtung Schuppen.

„Da ist er drin?"

Matt nickte und Bill ging, um den Eimer zu holen. Er kam zurück und hockte sich, dieses Mal mit dem Eimer, wieder vor Matt. „Den hier hast du gefunden?"

Matt nickte wieder, griff mit einer Hand an das kalte Blech, streichelte es und schluchzte.

Bill wollte sich fast der Magen umdrehen, als er sah, wie sehr dieses Kind an einem alten rostigen Eimer hing. Aber Rebecca hatte ihn um diese kleine Lektion für Matt gebeten. Umso schlimmer war es für ihn, den Eimer gleich mitzunehmen. „Ich danke dir für deine Ehrlichkeit, aber ich muss Roger fragen, ob das sein Eimer ist und ihn wieder zurückgeben."

Matt weinte nun richtig und die Tränen tropften auf sein Shirt.

„Aber ich habe eine kleine Überraschung für dich, weil du so ehrlich zu mir gewesen bist." Er musste lauter reden, damit Matt ihn verstehen konnte, so sehr weinte er. „Ich bringe den Eimer in mein Auto und dann machen wir drei einen kleinen Ausflug. Geh schnell mit deiner Mum ins Haus und zieht euch etwas Hübsches für unseren Ausflug an."

Matt beruhigte sich erst im Haus, nachdem Rebecca ihm noch mehrfach erklärt hatte, wie toll er das gemacht hatte und dass es nun dafür eine Belohnung geben würde.

Später auf dem Weg durch den Wald schien er den Eimer schon vergessen zu haben und rannte die ganze Zeit im Kreis um Bill und Rebecca, die tatsächlich nicht ein Wort wechselten. Unter den hohen Tannen war ein wunderbares Klima an diesem Tag. Es war das perfekte Wetter für einen Waldspaziergang. Bill war froh, sie überhaupt zum Mitkommen gebracht zu haben, und Rebeccas Gefühle hingegen schwankten die ganze Zeit über zwischen Scham und Dankbarkeit.

Charlene erwartete die drei tatsächlich mit einem kleinen Kaffeekränzchen und kam ihnen voller Vorfreude entgegengelaufen, sobald sie in Sichtweite waren.

Vorher ging Bill mit Rebecca und Matt hinters Haus, um ihnen einen alten Feuermelder zu zeigen. Er hockte sich davor und bat Matt zu sich. „Schau hier, Matt, wenn irgendwann einmal etwas passieren sollte und du nicht weißt, wo du hingehen kannst, kommst du hierher und drückst auf diesen Knopf." Bill drückte den Knopf herunter und ein ohrenbetäubendes Klingeln ertönte. Er hatte sich eine alte Schulklingel besorgt und sich seinen kleinen persönlichen Polizeimelder ans Haus gebaut. Er war nicht mit der Polizeiwache oder der Feuerwehr verbunden, aber er und mindestens drei seiner Nachbarn würden davon nachts wach werden. „Wenn du das machst, kommt auf jeden Fall jemand und hilft dir, ganz egal, was passiert ist." Er schaute auf und sah, wie Rebecca sich eine Träne aus dem Gesicht wischte.

Sie sah ihn an und sagte tonlos: „Danke!"

„Jetzt gibt es aber erst mal Kuchen und Limonade!", sagte Bill zu Matt und der strahlte voller Vorfreude übers ganze Gesicht.

Während sie am Tisch saßen, war Rebecca die ganze Zeit still.

Charlene traute sich nicht, sie irgendetwas zu fragen. Auch über zwei Jahre nach Rebeccas Zusammenbruch in Rosies Laden konnte sie noch immer die Worte dieser verzweifelten Frau hören. Stattdessen beschloss sie, einen Monolog zu führen und überlegte sich, was Rebecca interessieren könnte. Sie erzählte, wie Bill und sie sich kennengelernt hatten. Dass sie selbst keine Kinder bekommen konnten, sich stattdessen in der Gemeinde engagierten. Sie erzählte auch, wie vor drei Jahren ausgerechnet zur Weihnachtszeit zwei junge Mexikaner namens Maria und José in die Stadt gekommen waren und sie den beiden in der ersten Zeit geholfen hatten. Das Mädchen arbeitete mittlerweile bei Rosie im Laden und der Junge bei Walter in der Autowerkstatt. Und alle paar Minuten musste sie feststellen, wie wunderbar sie den kleinen Matt fand, und dass sie ganz verliebt in ihn sei.

Rebecca genoss die Aufmerksamkeit, schaffte es sogar Bill und Charlene ein paar Mal direkt anzusehen, hielt sich jedoch die ganze Zeit an einem einzigen Glas Limonade fest und nahm sich keinen Kuchen. Dafür ließ sie Matt so viel essen, wie er wollte, obwohl sie ihn am liebsten schon vor zwei Stücken ermahnt hätte.

Auf dem Heimweg erklärte ihr Bill, dass er den Eimer am nächsten Tag wieder vorbeibringen würde, weil Matt ihm deswegen schon sehr leidtat. Roger hatte es sowieso verdient, Geld für einen neuen Eimer ausgeben zu müssen. Jetzt sah er Rebecca zum ersten Mal lächeln und er erhaschte einen Blick in ihre tiefen dunklen Augen. Natürlich war ihm ihr ausgesprochen hübsches Äußeres nicht entgangen, aber mit diesem Lächeln auf ihren Lippen besaß sie eine Anmut, die ihresgleichen suchte. Umso mehr wünschte er sich, Tom am besten von diesem Planeten verbannen zu können oder zumindest, dass er etwas derart Schlimmes tun würde, damit er den Rest seines unverdienten Lebens hinter Gittern verbringen müsste. Er war der Sheriff dieser Stadt und hatte all seine Schäfchen ausreichend im Griff. Nur dieses eine zarte und unschuldige

Wesen hatte sich in die Hände des Bösen begeben und ihm selbst waren die Hände gebunden. Letztens erst hatte er mit Pastor Sinclair darüber gesprochen. Von ihm war auch die Idee mit der Klingel und dem Weg durch den Wald gewesen.

Am nächsten Tag nach Dienstschluss fuhr Bill wieder zu Rebecca. Sie lag mit Matt auf der Wiese hinter dem Haus und die beiden genossen den Sommer. Bill hatte ein wenig Mühe, sie in dem hohen Gras zu erkennen. Dieses Mal rannte Matt nicht weg, sondern begrüßte Bill, um sich nur fünf Sekunden später einem alten, luftleeren Ball und einem Stock zu widmen.

Rebecca war es ganz recht, denn sie wollte sich mit Bill unterhalten. Nun da Tom im Gefängnis saß, war überhaupt kein Geld mehr da. Sie erhoffte sich von ihm ein paar Tipps, wo sie etwas verdienen könnte und Matt mit hinnehmen durfte. Den Kindergarten konnte sie sich nicht leisten.

Bill fiel Walters Tankstelle ein. Er wollte gleich bei ihm vorbeifahren und ihn darauf ansprechen. Falls es mit Matt schwierig werden würde, bot er Charlene als Babysitter an. Sie hatte ihm den ganzen Abend von dem Kleinen vorgeschwärmt. Vermutlich tat er seiner Frau damit einen größeren Gefallen als Rebecca.

Es gab aber auch noch andere Neuigkeiten. Ihm war klar, dass es sich hierbei nicht nur um Gute handelte. „Ich habe heute mit Richter Maxwell telefoniert. Die Gerichte sind derzeit völlig überlastet. Bis zu Toms Verhandlung wird es wohl noch eine Weile dauern. Die Gefängnisse allerdings sind derzeit so voll, dass er wohl mehr Glück als Verstand haben wird und unter strengen Auflagen auf Bewährung freikommt."

Rebecca nahm die Information kommentarlos hin und wollte lieber über den Job bei Walter reden.

Bill fühlte sich schlecht und war froh, es hinter sich gebracht zu haben. Später im Gespräch bemerkte er, wie Rebecca immer verlegener wurde. Ihr schien noch etwas auf der Seele zu liegen. Sie hatte mittlerweile schon einiges Vertrauen in ihn und so musste er nicht lange nachhaken.

Sie hatte eine Idee für den Eimer. Sie wollte ihn im Schuppen unter den Fußbodendielen verstecken, damit Matt etwas hatte, um ein paar Geheimnisse aufbewahren zu können. Nur hatte sie keine Ahnung, wie sie das bewerkstelligen sollte.

Bill war sofort Feuer und Flamme und wusste auch schon, wie er dieses Vorhaben in wenigen Stunden umgesetzt bekommen würde. „Haben Sie vielleicht noch ein paar Flaschen Bier im Haus?"

Augenblicklich schlug Rebeccas Vertrauen in Scham und Schüchternheit um. Sie senkte ihren Kopf und sagte: „Ja, leider."

Bill konnte ihre Antwort kaum verstehen, so leise hat sie auf einmal gesprochen. „Gut!", sagte er und strahlte sie an.

Sie verstand es nicht.

Bill stand voller Tatendrang auf, während er weiterredete: „Ich bin bald wieder da. Noch heute soll Matt sein Versteck bekommen." Er eilte zum Streifenwagen und fuhr weg.

Eine Stunde später kam er zurück und erklärte ihr, dass er bei Roger gewesen sei und ihn wieder einmal wegen seiner nicht gesicherten Geräte angezählt hätte. Statt einer Strafe konnte er ihn dazu überreden, für Matt das Versteck zu bauen. Anfangs sei er davon nicht sehr begeistert gewesen. Die Aussicht auf ein Bier nach getaner Arbeit hatte ihn aber doch überzeugt. Während er Rebecca seinen Plan erklärte, hielt er schon den Eimer in der Hand.

Matt war das natürlich nicht entgangen. Sofort stand er vor ihm und starrte wie gebannt auf seinen Schatz.

„Er gehört jetzt offiziell dir", sagte Bill und übergab ihn feierlich.

Kaum hielt Matt seinen Eimer in den Händen, rannte er los und schrie vor Freude. Er war kaum zu stoppen und zeigte seinem neuen Spielzeug alles, was es zu sehen gab.

Kurz darauf kam auch Roger auf seinem Schlepper. Zusammen mit Bill machte er sich an die Arbeit. In nur zwei Stunden war das Versteck unter dem Boden im Schuppen fertig, Roger bekam sein Bier und verschwand so schnell und wortlos, wie er gekommen war.

Bill rief nach Matt. Der hatte sich den Eimer über den Kopf gestülpt und klopfte von außen mit zwei Stöckchen dagegen. Er lief unsicher, weil er Mühe hatte, dabei noch etwas zu erkennen. Bill stellte sich ihm in den Weg, um ihn zu stoppen. Matt lief gegen seine Beine, fiel auf den Po und saß mit dem Eimer auf dem Kopf vor Bill. „Komm, mein Freund, deine Mum und ich wollen dir etwas zeigen."

Rebecca wartete schon im Schuppen. Bill und Roger hatten wirklich ganze Arbeit geleistet. Man konnte zwei Bohlen aus dem Boden lösen. Darunter war ein kleiner, mit Holz ausgekleideter Verschlag, in den der Eimer passte. Man sah den Bohlen nicht an, was sich darunter verbarg. „Komm her, mein Schatz, und schau, was wir jetzt haben. Ein Versteck für all unsere Schätze."

„Und Dad kann es nicht finden?", flüsterte Matt.

„Nein, mein Herz, das kann er nicht", sagte sie und streichelte ihm über das Gesicht.

Matt schaute Bill fragend an.

Rebecca erkannte seine Frage, die er sich nicht traute zu stellen. „Sheriff Smith ist unser Freund. Er würde uns niemals verraten."

„Und Mrs. Sheriff auch nicht?", fragte Matt weiter.

„Nein", sagte Bill, „Mrs. Sheriff auch nicht."

Bill

2016

Es war Samstag Morgen und Kim hatte ein freies Wochenende. Sie kam gerade aus der Dusche und wollte sich ein kleines Frühstück machen, nachdem sie in der Dämmerung laufen gewesen war. Mittlerweile fand sie die menschenleere Stadt nicht mehr eigenartig. Im Gegenteil, sie genoss die Ruhe beim Laufen. Ihr neues Zimmer in Josés Pension war nun wirklich das Beste, das er hatte. Alles war erst vor Kurzem renoviert worden. Er war ihr sogar noch mit dem Preis entgegengekommen. Dafür half sie ihm ab und zu bei der Renovierung der anderen Zimmer.

Nun stand sie vor dieser winzigen Küchenzeile in ihrer Diele und kochte sich einen Kaffee. Auf den ersten Blick hätte sie niemals geglaubt, dass ihr diese Miniküche reichen würde, aber wenn man sich daran gewöhnt hatte, war sie bis auf den Kühlschrank völlig ausreichend. José wollte unbedingt, dass sie länger bei ihm blieb. Seine Werkstatt lief ganz gut, aber seit Kim vor acht Wochen in Riverside angekommen war, war sie der einzige Gast in der Pension gewesen. Er hatte ihr je ein Fach im Kühlschrank und im Gefrierschrank der Pensionsküche zur Verfügung gestellt. So hatte sie erst einmal alles, was nötig war und musste sich vorerst nicht den Kopf wegen einer Wohnung zerbrechen.

Sie machte es sich mit der Tasse und dem Teller auf dem Sofa bequem und ließ die letzten Wochen Revue passieren. Riverside war tatsächlich eine sehr friedliche und eher langweilige Stadt. Und genau hier fühlte sie sich leicht.

Endlich. Bereits nach ein paar Tagen war ihr bewusst geworden, dass man sie hier respektieren würde. Ihr Selbstbewusstsein schien sich schließlich ein Fundament zu schaffen, von dem aus es in der Lage sein würde, ihre Körpergröße zu überragen. Zum ersten Mal überhaupt würde sie ihrer Umgebung völlig gelassen und auf Augenhöhe begegnen können.

Hauptsächlich dachte sie allerdings an Matt. Ihr Vorgänger war sein Partner gewesen. Er hatte die Stadt wieder verlassen, weil es ihm hier zu langweilig geworden war und auch, weil er keine Lust darauf hatte, Aufgaben der Feuerwehr zu übernehmen. Matt hatte beschlossen, dass Kim die Partnerin von Beth sein sollte. Er würde ab sofort mit Till zusammenarbeiten. Bisher waren Beth und Till ein Team gewesen. Till schien ganz froh über die Entscheidung. Vermutlich, weil er nun weniger Schläge auf seinen Hinterkopf bekommen würde. Kim zerbrach sich den Kopf darüber, warum Matt nicht mit ihr zusammenarbeiten wollte, traute sich aber nicht, Beth oder sonst wen danach zu fragen. In aller Regel fuhren sie sowieso allein Streife. Die Teamarbeit beschränkte sich eigentlich nur auf die Aufgaben am Fluss. Matt war immer sehr nett zu ihr. Sie verbrachten oft noch einige Zeit nach Feierabend in seinem Büro. Ein paar Mal waren sie im Mic's gewesen und hatten riesigen Spaß daran, ihr Fake-Bier zu trinken und sich dabei über Tills neidische Blicke lustig zu machen. Sie gestand sich mittlerweile selbst ein, in Matt verliebt zu sein. Nur hatte er in der ganzen Zeit nicht ein einziges Mal eine Andeutung gemacht oder ihr eine Vorlage geliefert, um ihre Gespräche auf ein privateres oder gar intimeres Level zu heben. Bestimmt war er gar nicht an ihr als Frau, sondern eher als Kumpel interessiert, denn in der ganzen Stadt gab es nicht einen Mann oder eine Frau, die freiwillig mit ihm Wasser aus Bierflaschen getrunken hätte. Soweit hatte sie die Einwohner von Riverside bereits durchschaut. Ihr Bier war ihnen heilig. Wenn sie ernsthaft an ihm interessiert war, würde sie sich ihm früher oder später erklären müssen. So wie es zurzeit lief, würde ihr das auf Dauer zu aufregend werden und zu viele Nerven kosten, die sie viel lieber in ihre Arbeit investieren wollte.

Beth stieg die Stufen zu Kims Zimmer im zweiten Stock hinauf und roch an einem der beiden To-Go-Becher aus dem Supermarkt. Sie bedauerte immer noch, dass sich damals niemand gefunden hatte, um Rosies Laden zu übernehmen. Rosie Newmans Kaffee war immer der beste in der Stadt gewesen. Diese beiden hier waren zwar doppelt so groß, aber nur halb so lecker. Vor Kims Tür angekommen wusste sie nicht, wie sie anklopfen sollte, also trat sie kurzerhand mit dem Fuß dagegen und rief: „Kim, du Schlafmütze! Wach auf! Der Kaffee wird kalt!"

Kim öffnete die Tür und ließ sie hinein. „Wieso glaubt hier eigentlich jeder, ich sei eine Schlafmütze?"

„Keine Ahnung, aber der Kaffee wird kalt. Das ist viel schlimmer", sagte Beth und stellte die beiden riesigen Becher auf den Tisch. „Hier, damit du wach wirst. Wir machen heute einen Ausflug."

„Daraus wird wohl nichts, ich muss José beim Tapezieren helfen."

„Musst du nicht. Der alte Faulpelz war ganz froh, als ich ihn fragte. Er schläft gerade noch seinen Rausch von gestern Abend aus." Beth strahlte Kim an und freute sich wie ein kleines Mädchen, dass ihre Überraschung gelungen war.

Kim hingegen setzte ein ernstes Gesicht auf: „Was hast du vor?"

„Ich? Gar nichts! Ich will dich nur dabeihaben, wenn ich einen alten Freund besuche."

„Warum glaube ich dir nicht?"

„Keine Ahnung, was du meinst. Nun trink wenigstens einen von deinen beiden Kaffees und zieh dir was Hübsches an. Matt ist in zwanzig Minuten da."

„Was? Matt?! Warum?", presste Kim heraus. Kaum ausgesprochen ärgerte sie sich über ihre Unüberlegtheit. Spätestens jetzt hatte sie ihre Gefühle für Matt verraten. Am liebsten hätte sie Beth hinausgeworfen. Stattdessen beschloss sie, Informationen aus ihr herausquetschen zu wollen. Sie setzte sich im Schneidersitz auf das Sofa, nahm den Becher und die Tasse und schmollte demonstrativ: „Ich bewege mich nicht mehr, bis ich genau weiß, was hier los ist."

Beth grinste sie an: „Wir fahren heute nach Clearwater ins Krankenhaus und besuchen unseren alten Sheriff Bill Smith. Er ist Matts Stiefvater und ich finde, du solltest ihn kennenlernen."

Für Kim klang das zu sehr auswendig gelernt und sie hakte nach: „Ich glaube dir nicht, dass das alles sein soll. Irgendetwas verheimlichst du mir doch."

Beth setzte sich neben sie, legte eine Hand auf ihr Knie und sagte: „Also, meine Liebe, ich habe Augen im Kopf und finde, du solltest deine freien Tage nicht mit Josés Pension vergeuden, sondern mit jemandem verbringen, den du magst."

Kim zog die Augenbrauen hoch und sah Beth durch zusammengekniffene Augen an: „Woher willst du denn wissen, dass ich dich mag?"

„Ich rede ja auch nicht von mir."

Kim wurde puterrot und fühlte sich wie ein Teenager, der bei einer Lüge erwischt wurde, aber Beth legte ihren Arm um sie. „Alles gut! Ich habe ihm kein Wort gesagt und dabei bleibt es auch. Wir Mädchen halten zusammen. Jetzt zieh dir endlich etwas Hübsches an und lass uns Bill besuchen." Sie wurde kurz ernst, winkte mit ihrem Telefon und sagte: „Falls das Mistding hier klingelt, haben wir dir eine Tasche mit Einsatzkleidung ins Auto gestellt."

Matt fuhr mit dem Streifenwagen vor und sah die beiden schon unter dem Vordach der Pension warten. Es regnete immer mehr und er hoffte, dass es heute noch keinen Einsatz am Fluss geben würde. Er freute sich auf den Tag mit Kim. Eigentlich freute er sich immer, sie zu sehen, auch wenn ihm oftmals die Worte fehlten, sobald sie in seiner Nähe war. Meistens fing er an, über alles Mögliche zu reden, glaubte, sie würde nicht gehen, weil sie ihn als Vorgesetzten nicht vor den Kopf stoßen wollte. Matt war froh, dass Beth heute dabei sein würde. Kim mitzunehmen, war ihre Idee gewesen und bestimmt würde er wieder nicht wissen, was er sagen sollte.

Beth setzte sich direkt nach hinten und freute sich schon darauf, die beiden beobachten zu können.

Kim setzte sich neben Matt. Beide begrüßten sich und schon herrschte Stille.

Das geht ja gut los, dachte Beth und überlegte sich, wie sie etwas Schwung in die Sache bringen konnte. „Glaubt ihr, wir kommen überhaupt bis Clearwater oder klingeln vorher unsere Telefone?", fragte sie in die Stille.

„Ich hoffe, wir kommen heute drumherum", sagte Matt. „Die Ärzte glauben, es könnte bald vorbei sein. Ich möchte ihn unbedingt noch einmal sprechen."

„Mir fehlt die Erfahrung mit eurem Fluss, aber ich habe in den letzten Wochen mehr Bälle geworfen als David Price", sagte Kim.

Matt grinste Beth im Rückspiegel an, sie reagierte jedoch etwas aufgebracht und hatte direkt eine Idee, das Thema in die gewünschte Richtung zu lenken: „Boah, echt jetzt? Die Red Sox? Du auch? Ihr beiden solltet euch mal daten. Ihr würdet super zusammenpassen. Vergesst aber nicht, rote Socken und rote Unterwäsche anzuziehen." Ihr Plan ging auf. Kim schaute zu Matt und wartete, bis er seinen Blick kurz von der Straße nehmen konnte und sie lächelten sich eine Sekunde lang an. *Läuft doch bei den Sox*, dachte Beth und lenkte das Gespräch wieder vom Baseball weg: „Schaffst du es denn schon über den Fluss?"

„Schon, aber nicht mit dem Seil und einen Ball habe ich neulich nicht wiedergefunden", antwortete Kim.

Die Feuerwehr von Riverside hatte eine eigene Sportart erfunden, um im Ernstfall jemanden aus dem Fluss retten zu können. Durch einen Baseball wurde ein sehr dünnes Seil gezogen und befestigt. Es war 50 Meter lang. Ziel war es, den Ball und damit das Seil ans andere Ufer zu bekommen, damit man daran ein stärkeres Seil über den Fluss spannen konnte. Seither gab es regelmäßig Wettkämpfe zwischen der Feuerwehr und der Polizei.

Kim übte, so oft sie Zeit dafür fand.

Beth, als alter Dodgers-Fan, konnte es sich nicht verkneifen, Matt noch eins auszuwischen: „Unser Super-Sheriff hier schafft es ja sogar ohne Seil gerade einmal in den Fluss."

„Stimmt", sagte Matt, „ich bin schon recht sportlich, aber so etwas wie Ballgefühl habe ich überhaupt nicht."

„Dann muss ich wohl werfen und du schwimmen", sagte Kim und klopfte ihm freundschaftlich auf den Oberschenkel. Zumindest sollte es freundschaftlich wirken. Sie erschrak sich selbst vor ihrem plötzlichen Vorstoß in Matts Intimsphäre, wollte ihre Hand am liebsten auf seinem Bein liegen lassen, zog sie aber so schnell zurück, als hätte sie sich an ihm verbrannt.

Matt bekam augenblicklich Schmetterlinge im Bauch und hätte beinahe Kims Hand festgehalten, umklammerte aber krampfhaft das Lenkrad und starrte genau wie Kim geradeaus auf die Straße.

Beth lehnte sich auf dem Rücksitz zurück, lächelte in sich hinein und genoss die Show.

Im Krankenhaus angekommen standen die drei vor dem Bett eines sehr alten und sehr kranken Mannes. Sein Körper sah aus, als wäre er bereits auf ein Minimum zusammengeschrumpft. Die Brille, die er trug, erschien auf seinem kleinen Kopf grotesk groß. Matt und Beth begrüßten ihn sehr herzlich.

Kim trat näher an ihn heran und hielt ihm die Hand hin, obwohl sie sich, aus Angst ihm wehzutun oder irgendetwas kaputtzumachen, kaum traute, ihn überhaupt anzufassen. So zerbrechlich schien er zu sein. „Guten Tag, Sir!"

„Hallo, mein Kind!", antwortete Bill. „Ich habe schon viel von dir gehört. Erschrick bitte nicht vor meinem Anblick. Ich sah schon mal besser aus. Vielleicht sollte ich mir eine

Maske aus einem alten Bild von mir machen." Er hielt Kims Hand weitaus fester, als sie es erwartet hätte. „Du bist also die große Frau, von der mir jeder erzählt, der mich besucht."

Kim lächelte. Erneut stand ihre Körpergröße im Vordergrund und wieder ohne jede Bösartigkeit. So langsam schien sie sich in die ganze Stadt zu verlieben. Sie kam mit Bill schnell ins Gespräch über Riverside, die Leute, das Wetter und den Fluss.

Ihr Smalltalk dauerte allerdings nicht sehr lange, denn Bill bat darum, mit Beth allein sprechen zu dürfen.

Nachdem Kim und Matt gegangen waren, nahm er ihre Hand und sagte: „Meine Liebe, mein Körper zerfällt bereits, bevor ich gestorben bin. Ich will reinen Tisch machen. Ich habe es dir nie gesagt, aber ich würde mir nichts mehr wünschen, als dass du mit Matt zusammenkommst. Im Kern ist er ein kleiner verängstigter Junge, der noch immer seine Mum vermisst. So eine hübsche und starke Frau wie du wäre das Beste, was ich mir für ihn wünschen könnte."

Beth unterdrückte einen ersten Fluchtreflex. Sie wusste, dass Wegrennen nichts ändern würde. *Was hat er vor? Stirbt er jetzt vor meinen Augen?* Eine Träne fand den Weg aus ihrem Auge und kündigte an, was noch kommen sollte. Alles in ihr schrie: Lauf! Aber sie streichelte sein Gesicht und sagte: „Bill, mein Lieber, ich wusste vom ersten Tag an, dass du dir das wünschst. Aber mit Matt und mir, das würde nicht gut gehen, außerdem hat es bei uns beiden nicht gefunkt."

Bill senkte seinen Blick. Das war nicht der Ausgang des Gespräches, den er sich wünschte. „Was soll nur aus meinem Jungen werden? Was sage ich denn Charlene, wenn ich sie bald wiedersehe?"

Jetzt begriff Beth endgültig, dass sie zum letzten Mal mit ihm sprechen würde. Der Fluchtreflex wandelte sich in eine Starre, die ihren Körper zu Stein werden ließ. Immer mehr ihrer Tränen fanden den Weg auf ihre und Bills Hände. „Bill", ihre Stimme zitterte. „ich habe sehr gute Neuigkeiten für dich. Kim!"

Bill sah sie an und verstand nicht.

„Kim, die große Frau von eben und Matt. Sie sind ineinander verliebt und wissen es nicht. Ich muss sie beide nur noch mit der Nase darauf stupsen."

Bills Augen wurden größer und strahlten sie vor Erleichterung an. „Ist das wirklich so? Das wäre eine gute Sache! Sie macht auch einen starken Eindruck."

„Oh ja, mein Lieber! Sie ist eine sehr starke Frau."

„Du musst trotzdem weiterhin ein Auge auf ihn haben, das musst du mir versprechen!"

„Natürlich werde ich das!"

„Schick ihn jetzt bitte zu mir!"

Beth wollte ihn nicht loslassen. Nie wieder! Sie wusste aber, dass Matt schleunigst zu ihm musste. Sie küsste Bill auf die Stirn und sagte ihm, dass sie ihn liebte und für immer vermissen würde.

Er lächelte sie an und sagte: „Ich dich auch, meine Liebe! Ich dich auch!"

Kim saß in der Cafeteria. Ihre Gedanken kreisten um Matt, der ihr gegenüber saß. Sie wollte ihn eigentlich nur noch anfassen, spüren, küssen. Stattdessen lenkte sie das Gespräch auf Bill.

„Warum will er mit Beth allein sein? Ich denke, er ist dein Stiefvater?"

„Die beiden hatten vom ersten Tag an so etwas wie ein Vater-Tochter-Verhältnis und waren unzertrennlich. Bill würde uns am liebsten verheiraten, aber sie hat es nie übers Herz gebracht, ihm von ihrer Homosexualität zu erzählen."

„Beth ist lesbisch?"

„Bist du überrascht?"

„Nun da ich es weiß eher nicht. Ich wäre aber auch nicht von selbst darauf gekommen." Da war sie! Die Steilvorlage, um das Gespräch mit Matt in eine persönliche Richtung zu lenken. Und sogar noch mit einem Schuss des Humors, den sie auch erst in Riverside kennengelernt hatte. Sie war so aufgeregt, dass ihr das Blut in den Kopf schoss. An ihrem Kaffee nippend, versuchte sie so beiläufig wie möglich zu fragen: „Und du? Bist du schwul?"

Matt fiel fast der Becher aus der Hand und er sah sie mit weit aufgerissenen Augen an.

Kim hatte Oberwasser und genoss es für den Moment. Sie lächelte ihn an, um ihm zu zeigen, dass sie die Antwort schon kannte, hakte aber trotzdem nach: „Und? Bist du es?"

Matt war völlig verunsichert und versuchte, ihr Lächeln zu deuten. „Nein, bin ich nicht, ich mag ..." Weiter kam er nicht, da Kim auf einmal jede Gesichtsfarbe zu verlieren schien und aussah, als hätte sie einen Geist gesehen. Er drehte sich um und sah Beth, die weinend auf ihn zu gelaufen kam.

„Geh! Schnell!", schluchzte Beth und gab ihm einen Schlag gegen den Arm, damit er verstand, wie eilig es war.

Ohne ein weiteres Wort lief er los.

Beth stand nun weinend vor Kim und fiel ihr in die Arme. Kim schaffte es, sie auf einen Stuhl zu setzen. Umarmt verbrachten sie so eine gefühlte Ewigkeit.

Irgendwann kam Matt langsam zurück. Sein Blick war leer, sonst war ihm nichts anzumerken. Er sah nicht aus, als wäre gerade jemand gestorben, der ihm nahe stand. Kim erinnerte sich an Marias Worte: „Niemand hat ihn jemals weinen sehen. Auch nicht, als er noch ein Kind war. Am Grab seiner Mutter hat er nicht geweint und am Grab seiner Frau auch nicht."

Matt setzte sich und sie legte nun wirklich ihre Hand auf seinen Oberschenkel. Er griff danach und hielt sie fest.

Beide bedauerten, es nicht schon vorhin im Auto getan zu haben. Denn so hatte es nichts mit ihrer Zuneigung füreinander zu tun, sondern lediglich mit freundschaftlichem Trost. Sie beide wollten mehr, aber die Situation ließ es nicht zu.

Matt hasste sich dafür, in diesem Moment mit seinen Gedanken bei Kim und nicht bei Bill zu sein.

Beth setzte sich auf und bemerkte, was in diesem Moment neben ihr geschah. Weinend legte sie ihre Hand auf die von Kim und Matt. Als sie etwa sagen wollte, klingelten ihre Telefone.

„Ich fahre!", sagte Kim und ihr Ton ließ keinen Widerspruch zu.

Dieses eine Mal

1977

Matt saß in dem Pick-up seines Vaters und versuchte, ihn durch die beschlagene Frontscheibe zu erkennen. Er verbrachte neuerdings sehr viel Zeit in diesem Auto. Seit sein Dad wieder zu Hause war, nahm er ihn immer mit, wenn er etwas erledigen musste oder wenn er wie an diesem Tag mit den Männern der Feuerwehr arbeitete. Eigentlich wäre Matt viel lieber zu Hause bei seiner Mum geblieben. Ihr hätte er viel lieber bei den Dingen zugesehen, die sie den ganzen Tag tat. Sein Dad sagte ihm ständig, dass er ihn gut bei allem beobachten solle, was er mache. Schließlich würde er auch einmal ein Mann sein und dann müsse er wissen, was es zu tun gebe. Dad holte ihn dafür sogar von der Schule ab.

Wenn Richter Maxwell gewusst hätte, wohin seine mahnenden Worte an Tom Crawley führten, er hätte sie sich verkniffen. „Und kümmern Sie sich mehr um ihren Sohn!", hatte er gesagt. Wegen dieses Nebensatzes saß Matt nun regelmäßig in dem Pick-up, langweilte sich und sehnte sich nach seiner Mum. Es war Toms letzte Chance, einer mehrjährigen Gefängnisstrafe zu entgehen. Er hatte sich zu fünf Stunden Sozialarbeit pro Woche verpflichten müssen, durfte nicht arbeitslos werden und musste monatlich einen Nachweis darüber bei Sheriff Smith abgeben. Das Ganze über einen Zeitraum von drei Jahren.

Rebecca war davon alles andere als begeistert gewesen. Sie wollte nicht, dass Matt so oft mit Tom zusammen war.

Eigentlich wollte sie Matt überhaupt nicht in seiner Nähe wissen. Er könnte sich zu viel von seinem Vater annehmen. Seit dem Vorfall in Rosies Gemischtwarenladen hatte sie panische Angst davor, dass es sich wiederholen könnte. Glücklicherweise war es bisher bei diesem einen Mal geblieben. Trotzdem ertappte sie sich oft dabei wie sie Matt beobachtete und sich vor ihm fürchtete. Fast so sehr wie vor Tom. Es steckte wohl doch zu viel von seinem Vater in ihm. Aber das musste für immer verschlossen bleiben. Nur hatte sie keine Ahnung, wie sie das anstellen sollte.

Tom war immer darauf bedacht, sich so zu positionieren, dass Matt ihn sehen konnte, während er mit den Männern der Feuerwehr versuchte, die Brücke von dem Geröll zu befreien, welches der Fluss beim letzten Hochwasser aus den Bergen mitgebracht hatte. Er war aus der Ferne kein auffälliger Typ, selbst unter den Menschen in Riverside war er nicht der Größte. Er war sehr schlank, aber kräftig. Sein Haar trug er kurz geschnitten, was seine schmalen Gesichtszüge zusätzlich betonte. Seine Augen schienen immer auf Krawall gebürstet zu sein. Das konnte man ihm sogar ansehen, wenn er eine Sonnenbrille trug.

Matt hatte bemerkt, dass sein Vater großen Gefallen daran fand, sich von ihm bei der Arbeit beobachten zu lassen. Warum das so war, verstand er nicht. Er schaute einfach so, als interessierte er sich dafür, und stellte sich gleichzeitig vor, was er alles mit seiner Mum hätte unternehmen können. Ob sie vielleicht wieder ein neues kleines Geheimnis in ihr gemeinsames Versteck legen konnten? Vor ein paar Tagen erst hatte seine Mum mit ihm ein Kastanienmännlein gebastelt. Anschließend hatten sie es gemeinsam in den Eimer gelegt. Lieber würde er ihr wieder die Klammern anreichen, während sie die Wäsche aufhängte, anstatt hier in diesem Auto zu sitzen.

Einer der Feuerwehrmänner ging zu Tom, um ihm zu sagen, dass er gehen könne. Seine Stunden hatte er für diese Woche zwar abgearbeitet, man würde aber jede helfende Hand brauchen. Niemand konnte sagen, wann der Regen aufhörte und der Fluss erneut Hochwasser führen würde.

Tom sah ihn schweigend an. Er hatte einen Haken mit einem langen Stiel in der Hand. Sein Griff wurde fester und alle Muskeln spannten sich automatisch an. Er war im Angriffsmodus. Vor seinem inneren Auge sah er schon, wie er das Ende des Hakens in das Gesicht des Mannes trieb. Aber er musste sich im Griff haben. Er warf dem Feuerwehrmann den Haken wortlos vor die Füße und ging.

Im Auto angekommen sagte er zu Matt: „Schau dir das an, Sohn! Diese Trottel arbeiten sich seit Jahren die Ärsche wund, anstatt bei besserem Wetter eine bessere Brücke zu bauen. Dann hätten sie die Probleme nicht. Dein Dad muss dann jedes Mal mit ran, um ihnen ihre wunden Ärsche zu retten. Was tut man nicht alles für die Gesellschaft. Als Dankeschön wollen sie deinen Dad ins Gefängnis stecken. Es wird Zeit, dass mal jemand diesen Trottelgesichtern zeigt, wie der Hase läuft. Wenn ich etwas zu sagen hätte, würden die Dinge hier ganz anders laufen."

Matt hörte gar nicht richtig hin. In seinen Gedanken war er schon wieder zu Hause bei seiner Mum. Angestrengt überlegte er, was er tun könnte, damit er wieder mehr bei ihr und weniger bei seinem Dad sein könnte.

„Hörst du mir überhaupt zu?", brüllte Tom ihn an, „verstehst du überhaupt, was ich dir sage?"

„Die Dinge würden anders laufen", wiederholte Matt und hatte gleichzeitig eine Idee.

Tom reichte das als Antwort. Er startete den Motor.

Wenn ich Dad sage, dass ich ein Mädchen sein will, muss ich vielleicht nicht mehr diese Männersachen ansehen und kann bei Mami bleiben und ihr bei den Mädchensachen helfen. Nachdem sie eine Weile gefahren waren, nahm er allen Mut, den er aufbringen konnte, zusammen und sagte: „Dad, ich möchte lieber ein Mädchen sein."

Tom brauchte ein paar Sekunden, um das, was sein Sohn ihm da sagte, zu verstehen und zu verarbeiten. Er bremste hart.

Matt flog gegen die Frontscheibe und nachdem der Wagen gestoppt hatte, fiel er in den Fußraum. Er hörte seinen Vater aussteigen und die Tür des Wagens zuschlagen. Kurz darauf öffnete sich die Beifahrertür. Große Hände zogen ihn an den Haaren aus dem Auto und warfen ihn in ein Gebüsch. „Was hat diese Fotze dir nun schon wieder eingeredet?", hörte er seinen Vater brüllen. Matt weinte. Sein Kopf tat ihm weh. Seine Beine wurden gepackt. Er flog zurück gegen das Hinterrad des Pick-up.

„Ich werde dich schon zum Mann machen! Das verspreche ich dir! Jetzt steh auf du kleiner Scheißer!", brüllte Tom weiter.

Matt begann zu verstehen, was gerade mit ihm passierte. Er weinte lauter und rief nach seiner Mami. Sein linker Arm tat weh. Gerade wollte er versuchen, ihn zu bewegen, als ihn ein Stiefel in die linke Seite traf. Er schrie auf vor Schmerzen. „Steh auf, du Hosenscheißer!" Eine Hand umschlang seinen Hals und hob ihn auf. Seine Füße waren in der Luft. Er konnte nicht mehr atmen, aber den Atem seines Vaters im Gesicht spüren. Ihre Köpfe waren nur ein paar Zentimeter voneinander entfernt, als Tom ihn so laut anbrüllte, dass nun auch seine Ohren wehtaten.

„Steig in den verdammten Wagen und halt deine verdammte Fresse. Du und deine Hurenmutter, ihr werdet mich schon noch kennenlernen."

Matt schlug mit dem Hinterkopf hart gegen das Lenkrad, nachdem er durch die Beifahrerseite zurück in den Pick-up geschleudert worden war. Wieder fiel er in den Fußraum. Dieses Mal zwischen Fahrersitz und Pedale.

Die Fahrertür öffnete sich und Tom brüllte erneut: „Weißt du Scheißkind nicht, wo dein Platz ist?" Er fing an, seinen Sohn derart mit den Füßen zu traktieren, dass dieser wie ein Sack Kartoffeln stückchenweise durch den Fußraum geschoben wurde.

Der Motor startete und Matt merkte, wie sich das Auto in Bewegung setzte. Er weinte und flüsterte immer: „Mami, Mami, Mami ..." Ein eigenartiger Geschmack machte sich in seinem Mund breit. Alles tat ihm weh. Wenn er sich bewegte, tat es noch mehr weh.

Tom fuhr so hart, dass Matt die ganze Zeit im Fußraum hin und her flog. Kam das Bündel seinem Gasfuß zu nah, trat er so lang auf ihn ein, bis Matt wieder auf der Beifahrerseite lag.

Rebecca wusste, was passieren würde, wenn Tom derart mit dem Auto in die Einfahrt einbog. Sie hatte Angst vor dem, was er ihr wieder antun könnte. Doch im nächsten Augenblick gab es nur noch einen Gedanken in ihrem Kopf: *Matt!* Sie rannte nach Matt schreiend aus dem Haus. Doch das Erste, was ihr begegnete, war Toms Faust in ihrem Gesicht. Sie wankte und fiel zu Boden. Toms Hand packte sie am Nacken, zog sie hoch und schob sie in Richtung des Trucks. „Tom, was hast du getan?!" Ihre Stimme überschlug sich. Sie konnte sich von seiner Hand befreien und rannte zu der offenen Beifahrertür. Matt war nicht zu sehen. Sie fuhr herum und schrie ihn an: „Was hast du getan? Wo ist mein Kind?" Tom war schon bei ihr. Er packte sie mit der linken Hand am Hals und drückte sie nach unten. Dann schlug er mit der Rechten die Tür des Wagens zu. Im letzten Moment, bevor der Schlag ihr das Bewusstsein nahm, hörte sie ein leises „Mami".

Etwas stimmte nicht. Nein. Rein gar nichts stimmte. Rebecca wurde wach und hatte unsägliche Schmerzen. Eigentlich war es wie immer, wenn sich Tom an ihr verging. Aber warum lag sie bäuchlings auf dem Boden und konnte sich nicht bewegen? Nein. Der Boden konnte es nicht sein. Ihre Füße standen auf dem Boden, ihr Kopf hing herab. Außerdem lag Tom nicht auf ihr, war aber in ihr. Jetzt begriff sie. Er hatte sie an den Tisch gefesselt. Es tat so unfassbar weh. Um zu schreien, war sie noch zu benommen. Sie hob ihren Kopf, öffnete die Augen und sah Matt. Er blutete aus Mund und Nase. Seine Haare waren blutverschmiert und er weinte bitterlich. Augenblicklich war sie hellwach. Sie schrie, wollte sich befreien. Jetzt kehrte auch ihr Hörvermögen zurück und sie hörte Tom brüllen: „Da siehst du, wie sie nur quietschen können. Da siehst du, was man mit Weibern macht. Willst du das auch? Bei dir ist das anders mein Sohn. Du hast keine Fotze wie diese Fotze hier. Bei dir geht es gleich in den Arsch. Willst du das auch? Willst du das auch?" Nun begriff sie, woher diese wahnsinnigen Schmerzen kamen. Sie hörte auf zu schreien und sah Matt an. Dieser Anblick war schlimmer als alles, was Tom ihr jemals angetan hatte. Auf einmal tat ihr nichts mehr weh. Alles in ihr war auf Matt fokussiert. Sie schrie wieder: „Tom, hör auf! Der Junge!"

„Das ist kein Junge und wird niemals ein Mann werden!", brüllte Tom zurück. „Ein elender Schwanzlutscher wird er. Ein Mädchen will er sein, weil du Dreckshure es ihm eingeredet hast. Jetzt lernt er, was es bedeutet, ein dummes Weib zu sein."

Zumindest hatte sie nun eine Ahnung davon, was passiert sein musste. „Tom! Bitte! Tu was du willst, aber lass den Jungen gehen!", flehte sie ihn an. „Er ist ein Kind! Er ist *dein* Kind! Tom! Bitte!" Ein Schlag traf sie hart am Kopf.

„Halt dein Maul, Schlampe! Lernen soll er! Lernen!", bekam sie zur Antwort. Sie spürte den Schlag kaum und sie spürte auch nicht, dass seine Stöße immer heftiger wurden. Alles, was ihr jetzt noch wehtat, waren ihr Herz und ihre Seele. Sie konnte nur noch an Matt denken. Sie brauchte einen anderen Plan. Auf dem Boden unter ihr lagen einige Bierflaschen. Sie versuchte, sich zu konzentrieren, und zählte: 3,4,5,6 – halt, das eine war eine Schnapsflasche. Er sollte betrunken genug sein, um nicht alles mitzubekommen. „Matt!", flüsterte sie eindringlich „Matt! Schau zu Mami! Matt!" Seine Augen öffneten sich. In seinem rechten Auge gab es nichts Weißes mehr. Alles, was weiß sein sollte, war blutrot. Rebecca hielt diesen Anblick kaum aus. Tom hätte sie pfählen und vierteilen können, es wäre nicht schmerzhafter gewesen, als gefesselt ihr leidendes Kind ansehen zu müssen. „Matt, mein Schatz", flüsterte sie weiter, „Mami geht es gut. Mami geht es gut. Dad schläft bestimmt bald ein. Alles wird gut! Alles wird gut! Mach die Augen wieder zu und denk an deinen Eimer."

Irgendwann war Tom fertig und ließ von ihr ab. Sie hörte, wie er sich ein Bier aufmachte und in gespielt väterlichem Ton sagte: „So, mein Sohn, der Spaß ist vorbei. Es ist schon spät und du musst ins Bett!" Matt reagierte nicht und Tom brüllte: „Geht das schon wieder los? Sollen wir nochmal von vorne anfangen?"

Matt riss seine Augen auf und schaute ihn mit Todesangst an.

„Matt!", flüsterte Rebecca „Alles ist gut! - Geh! - Schnell!"

Er rannte zur Tür hinaus, die Treppe hoch und in sein Zimmer.

Rebecca erkannte die Tür am Klang. Jetzt kamen ihre körperlichen Schmerzen zurück. „Tom, du kannst mich losmachen. Bitte!", sagte sie mit schmerzverzerrter Stimme.

Tom fing an, mit der Flasche vor ihrem Kopf herumzufuchteln. „Du bist tot, wenn du jemandem davon erzählst! Tot! Hörst du? Tot!", lallte er.

„Ich weiß. Lass mich bitte nach Matt schauen. Er muss doch morgen in die Schule. Das müssen wir irgendwie hinbekommen", versuchte sie ihn zur Vernunft zu bekommen.

Die Folgen für ihn, wenn Matt morgen derart zugerichtet in die Schule ginge, sollten eigentlich reichen, damit er wenigstens kurz einen klaren Gedanken hätte fassen können. Er hockte sich vor den Küchenschrank und versuchte zu überlegen. Es gelang ihm nicht.

„Tom", sagte sie, „du bist zu betrunken, um dir etwas einfallen zu lassen. Ich überlege mir was. Aber du musst mich nach dem Jungen sehen lassen."

Er stand auf, taumelte und fiel gleich wieder hin.

Sie musste zu Matt. Dringend! Sie wollte schreien an den Fesseln zerren. Das aber hätte Tom wieder verärgern können. Sie schrie in sich hinein. All ihre Gedanken formten sich zu einem einzigen Schrei, der sich langsam in ihr ausbreitete und zu einem fast greifbaren Gefühl wandelte, bis ihr ganzer Körper zu schreien schien. - Lautlos und unsichtbar.

Eine gefühlte Ewigkeit später hatte Tom sie tatsächlich losbinden können, um kurz darauf auf dem Küchenboden einzuschlafen.

Rebecca stürzte nach oben zu Matt. Er stieß einen panischen Laut aus, als sie die Tür aufmachte. Sie musste rufen, damit er sie hörte: „Matt! Ich bin es, Mami."

„Mami", schluchzte er.

„Lass mich mal sehen, was er dir angetan hat." Sie untersuchte ihn, so gut sie konnte.

Matt gab währenddessen keinen Ton von sich. Er schaute nur seine Mum mit weit aufgerissenen Augen an, weinte ganz leise und zuckte ständig vor Schmerzen.

Rebecca blutete das Herz, ihm nun auch noch zusätzlich wehtun zu müssen. Es schienen nur Prellungen zu sein. Aber sie mussten spätestens morgen zu einem Arzt. Es half nichts. Eine Geschichte musste her. Oder sollte sie doch zu Bill gehen? Er würde ihr helfen, hatte er gesagt. Aber könnte er ihr auch helfen, wenn Tom wieder aus dem Gefängnis kam? Sie konnte doch nicht rund um die Uhr bewacht werden. Ihr Tonfall wurde sehr ernst und sie fing an, Matt zu erklären, wie es weitergehen sollte: „Matt, mein Schatz. Du musst jetzt genau zuhören, was Mami sagt. Okay?"

Matt nickte und sah sie mit angsterfüllten Augen an.

„Wenn Dad solche Sachen mit Mami macht, ist das nicht schön, aber Mami macht das nichts aus. Hörst du? Es macht Mami nichts aus."

Er nickte wieder.

Rebecca spürte das Blut zwischen ihren Beinen. Es tat weh. Diese unsäglichen seelischen und körperlichen Schmerzen ließen eine Träne über ihre Wange laufen. Sie erklärte weiter: „Dieses eine Mal, mein Schatz, sagen wir, du bist die Treppe heruntergefallen. Hörst du?! Nur dieses eine Mal. Morgen erklären wir dem Arzt, wie du die Treppe heruntergefallen bist. Wenn er dir jemals wieder wehtut, rennst du den Weg, den Sheriff Smith und ich dir gezeigt haben. Dann läutest du die Glocke, bis jemand kommt. Hör nicht auf zu läuten, bis jemand bei dir ist und komm nicht zurück. Das musst du mir versprechen. Du darfst nicht zurückkommen."

„Kommst du nicht mit mir?", fragte er. Die Furcht stand ihm in sein geschundenes Kindergesicht geschrieben.

„Dad rennt schneller als wir beide zusammen. Einer von uns muss ihn aufhalten", erklärte Rebecca weiter, „aber wenn du die Glocke läutest, kommen sehr schnell Menschen, um mir zu helfen." Ihr war klar, dass Tom sie beim kleinsten Ton einer Sirene oder dem kurzen Blinken eines Polizeiwagens sofort erschlagen würde.

„Mami, ich habe Angst!"

„Ich auch, mein Herz, ich auch."

Hochwasser

2016

Kim fuhr so schnell es ging durch den Regen. Die Sirene nervte sie. Das war auch schon auf der Polizeiakademie so gewesen. Vom Krankenhaus in Clearwater bis zur Brücke waren es etwa 25 Meilen. Dort wollten sie sich mit Till treffen. Der Scheibenwischer nervte sie auch und sie wollte eigentlich nur noch langsam fahren. Die Tatsache, vor ihrem ersten Feuerwehreinsatz zu stehen, machte sie außerdem ziemlich nervös.

Kim hatte den Anruf entgegengenommen, während Matt und Beth ihre Telefone ausschalteten. Evan war am anderen Ende der Leitung gewesen und hatte erklärt, was passiert war. Der Fluss war vorerst nur das sekundäre Problem. Er war zwar schon ziemlich angeschwollen, aber noch zu keiner echten Gefahr geworden, es sei denn man würde hineinfallen. Das Hauptproblem war ein vermisster Junge, der sich in seiner Freizeit ständig am Fluss herumtrieb. Er sollte vor einer Stunde zu Hause sein und war eigentlich immer pünktlich.

„Hoffentlich ist der Bengel nur auf einem Hochsitz eingeschlafen", hörte sie Beth von hinten sagen.

„Hoffentlich", sagte Matt und fragte: „Schaffst du es?" Er wollte sichergehen, dass Beth nach Bills Tod auch einsatzfähig war.

„Ich habe umgeschaltet. Wenn du mich nicht daran erinnerst, bleibt es auch dabei", sagte Beth.

Matt sprach sofort wieder vom Einsatz: „Kim, du weißt auch Bescheid?"

„Zwei Seile über das Wasser, Sicherung prüfen. Zweiter Pfosten, zwei Seile in das Wasser, prüfen. Dritter Pfosten, zwei Seile in das Wasser, prüfen, zurückkommen, Partner helfen, auf Anweisung warten. Lass mich jetzt fahren."

Dann herrschte Schweigen im Auto.

Als Till sie über Funk rief, waren sie nur noch wenige Minuten entfernt. Er erklärte, dass Paul und Evan auf der Westseite flussaufwärts, die Feuerwehr auf der Ostseite flussabwärts suchten. Er selbst fuhr den Pick-up mit der Ausrüstung. Paul hatte seine Tasche schon in den Streifenwagen gelegt. Die Feuerwehr konnte nur ein Fahrzeug besetzen, da die meisten der freiwilligen Helfer heute noch einmal etwas unternehmen wollten. Vermutlich war es das letzte freie Wochenende, bevor der Fluss sie wieder über Wochen in Atem halten würde.

Matt gab Anweisungen. Kim sollte mit Beth auf der Westseite flussabwärts mit der Feuerwehr suchen, weil die ein Seil über den Fluss schießen konnten. Evan und Till waren die besten Werfer der Stadt. So war gesichert, dass man auf jeden Fall ein Seil über den Fluss bekommen würde.

Till erwartete sie in einer Parkbucht bei der Brücke. Kim hielt nur kurz neben ihm an, damit Matt schnell das Auto wechseln und Beth sich nach vorn setzen konnte.

Als sie gleichzeitig ausstiegen und Till die riesige Tasche mit Beths Ausrüstung auf den Rücksitz warf, drehte sich Matt noch einmal kurz in der Tür des Wagens um und sagte: „Kim!"

Sie schaute zu ihm.

„Sei bitte vorsichtig. Ich glaube, ich brauche dich noch."

Es gab wohl keine schlechtere Situation für diesen wohligen Schauer, der Kim nun mehrfach von unten nach oben durchfuhr. Sie konnte ihn nur noch erschrocken anlächeln und nicken.

Er lächelte zurück und verschwand bei Till im Auto.

Beth hatte wie immer alles mitbekommen, setzte sich neben Kim, klopfte auf ihr Bein und sah sie an: „Na siehst du, läuft doch bei euch Red Sox. Aber nun erst mal an die Arbeit."

Kim konnte gar nichts mehr sagen. Sie bemerkte, dass Beth tatsächlich im Einsatzmodus war und Bills Tod irgendwie in eine Ecke ihres Kopfes geschoben haben musste. Sie wünschte sich, auch dazu in der Lage zu sein, gab sich einen Ruck und fuhr los.

Matt stieg zu Till ins Auto und sagte: „Hoffentlich war das kein Fehler."

„Was denn?"

Matt sah ihn an und realisierte, dass er seine Sorge um Kim laut ausgesprochen hatte. Der Zeitpunkt für seine missglückte Liebeserklärung hätte nicht schlechter sein können. „Nichts, Tilman, alles ist gut. Lass uns anfangen."

Das einzig Gute war, dass Kim endlich langsam und ohne Sirene fahren konnte. Der Regen erschwerte die Suche erheblich. Aus den befestigten Wegen waren mittlerweile selbst kleine Bäche geworden. Der Fluss füllte sein Bett schon in voller Breite aus und konnte nur noch in die Höhe wachsen. Beth schätzte, dass er wohl schon mindestens anderthalb bis zwei Meter tief sein müsste. Ständig hielten sie an, um zwischen den Bäumen auf der einen und am Flussufer auf der anderen Seite zu suchen. Im Auto wurde es durch das ständige Aus- und Einsteigen immer nasser. Inzwischen hatten sie sich über Funk mit der Feuerwehr absprechen können, die auf der Ostseite bald das Ende des Weges erreichen würde. Kim wollte sich gar nicht ausmalen, wie es wäre, jetzt in diesem Sturzbach auch noch schwimmen zu müssen. Es schien ihr unmöglich, sich überhaupt über Wasser zu halten und atmen zu können. Umso mehr Angst machte ihr der Gedanke, dass Matt eventuell genau das gleich bevorstand.

„Matt, ich habe ihn!" Till stoppte und sprang aus dem Wagen.

Matt musste sich kurz berappen. Seine Gedanken waren bei Kim gewesen. Er war sich nicht sicher, ob das heute nicht alles etwas zu viel für sie war. Beth traute er zu, den Einsatz professionell abzuarbeiten, aber was jetzt kam, war keine Polizeiarbeit mehr, und zu allem Überfluss hatte er Kim auch noch mit diesem Spruch verabschiedet. Er stieg aus und sondierte die Lage. Der Junge war irgendwie ins Wasser gefallen, hatte sich aber an einem Baumstamm festhalten können. Er sah schwach aus. Alle paar Sekunden schwappte eine Welle über ihn. Paul und Evan konnten ihn von der anderen Seite nicht gesehen haben, da er nicht auf dem Stamm lag, sondern sich an der Seite festhielt. Eile war geboten und er gab Anweisungen: „Till, sag den anderen Bescheid. Fahr zum nächsten Pfosten und bereite die Seile vor! Ich ziehe mich hier um und rede mit ihm. Ich komme hinterher, sobald ihr werft."

Beth und Kim waren gerade wieder in das mittlerweile völlig durchnässte Auto gestiegen, als Till über Funk meldete, dass sie den Jungen gefunden hatten. Er klammerte sich an einen

Baumstamm, der verkeilt im Fluss lag. Sobald Evan und Paul vor Ort seien, würden sie mit den Seilen beginnen. Kim, Beth und die Feuerwehr sollten an den nächsten zwei Pfosten flussabwärts die Fangseile ins Wasser lassen.

Kim wurde immer nervöser. Sie versuchte, so schnell wie möglich zu wenden. Sie konnte die Aufregung, die nun endgültig in ihr aufstieg, kaum noch unterdrücken. Nachdem sie zum dritten Mal den Rückwärtsgang einlegen musste, konnte sie es nicht mehr verbergen. Es stand ihr förmlich ins Gesicht geschrieben.

Beth legte eine Hand auf ihren Arm, um sie zu beruhigen. Kim sah sie erschrocken an, sie hatte nicht mit der Berührung gerechnet. „Er und wir alle haben das schon Hunderte Male geübt", versuchte Beth sie zu beruhigen. „Alles ist gut. Entspann dich."

Kim war froh, bei Beth zu sein. Kein anderer hätte sie wohl jetzt noch beruhigen können. Beth besaß die Fähigkeit, in jeder Situation genau die richtigen Worte und den richtigen Ton zu treffen.

Till hatte die Seile mit den Bällen gerade am Pfosten befestigt, als Paul und Evan an der anderen Flussseite anhielten. Evan stellte sich gleich auf, um den ersten Ball von Till zu empfangen, während Paul seine Tasche holte, um sich umzuziehen.

„Siehst du!", rief Matt dem Jungen zu. „Deshalb machen wir immer die Wettbewerbe. Bald bin ich bei dir. Ich hole dich da raus. Du musst dich nur noch so lange festhalten, bis ich bei dir bin. Halte dich gut fest!" Er hatte jedoch nicht den Eindruck, dass der Junge dafür noch ausreichend Kraft aufbringen könnte.

Der Regen machte das Werfen nicht einfacher und Tills erster Ball landete im Wasser.

Evan stand am anderen Ufer bereit und warf auch. Sein erster Ball ging ebenfalls ins Wasser.

Till konzentrierte sich und legte alles, was er hatte, in den nächsten Ball. Er schrie ihm hinterher, als ob er den Ball damit noch weiter antreiben könnte. Evan sah ihn auf sich zukommen und konnte ihn tatsächlich gerade noch so erreichen. Er sicherte das Seil am Pfosten und winkte Till mit dem rechten Daumen nach oben.

Matt sah, dass Tills Ball sein Ziel gefunden hatte. Sie fingen endlich an, die Seile zu spannen. „So, mein Großer", rief er dem Jungen zu. „Jetzt geht es los. Halt dich nur weiter gut fest!" Der Junge weinte. Matt machte sich Sorgen, dass ihm die Kräfte ausgehen würden. Bei Till angekommen nahm er das Funkgerät, um Paul und den anderen zu sagen, dass sie sich auf den Weg zu dem Jungen machen würden, ohne auf die Sicherungsseile zu warten.

Noch bevor Matt ausgeredet hatte, wusste Beth, wie Kim reagieren würde und beendete das Gespräch mit einem kurzen „Verstanden, Ende", um sich direkt um Kim zu kümmern: „Entspann dich! Ich weiß auch, dass sie auf die anderen Seile warten sollten. Aber wir wissen nicht, wie es dem Jungen geht. Vermutlich wären wir beide noch eher ins Wasser gegangen."

Kim blickte stur geradeaus, nickte hektisch und sagte eher zu sich selbst: „Zum ersten Mal überhaupt scheinen sich die Dinge in meinem Leben gut zu entwickeln und nun springt der Kerl ungesichert ins Wasser." Sie stoppte den Wagen und sprang heraus. Sofort peitschte ihr Regen in das Gesicht. Die Pfosten waren circa 100 Meter auseinander.

Kim schaffte es bei diesem Wetter nicht, über 200 Meter entfernt zu erkennen, was bei Matt gerade passierte. Sie musste sich zusammenreißen, um wenigstens den Anschein von Ruhe zu erwecken. Jede Sekunde fühlte sich wie Stunden an bis auch die Feuerwehr endlich eintraf. Zwei der Männer sprangen wie Soldaten im Krieg aus dem noch nicht ganz stehenden Truck, öffneten ein Rollo an der Seite und brachten ihre umgebaute Ballwurfmaschine in Stellung. Keine dreißig Sekunden später gaben die Feuerwehrmänner ein Zeichen und schossen den Ball ab. Kim sah, wie sich das Seil seinen Weg über den Fluss bahnte. Sie und Beth mussten aufpassen, nicht vom Ball getroffen zu werden und hechteten gleichzeitig nach dem Seil, als es noch in der Luft über ihnen war. So schnell sie konnten, zogen sie zwei größere Seile nach und befestigten sie so, dass diese im Wasser trieben und man sich daran festhalten konnte. Kaum waren die Seile befestigt, sprangen sie in das Auto und fuhren zum nächsten Pfosten. Nach nur wenigen Minuten hatten sie auch hier die Seile ins Wasser gebracht.

Matt und Paul trafen sich in der Mitte des Flusses und berieten sich über ihr weiteres Vorgehen. Matt wollte sofort los, da er fürchtete, der Junge könne sich nicht mehr lange halten.

Paul stimmte zu.

„Dann los!", sagte Matt und ließ sich von der Strömung zu dem Baumstamm treiben. Als er bei dem Jungen war, befestigte er ihn mit einem Geschirr an seiner Schwimmweste. Im Augenwinkel sah er, wie Kim aus dem Wagen sprang, um ihn zu beobachten. Nicht wie eine Kollegin. Eher wie eine Mutter, die ihrem Sohn bei einem gefährlichen Stunt zusah.

Kim war mit den Nerven am Ende und zwang sich immer wieder zur Ruhe. Sie konnte ihre Augen jedoch nicht von dem Geschehen im Fluss abwenden.

Ein Rettungswagen bahnte sich mittlerweile auf der anderen Flussseite seinen Weg zum Einsatzort und wendete hinter dem Truck der Feuerwehr.

Matt gab ein Zeichen, damit man ihn mit dem Jungen ans Ufer holte. Till und die Feuerwehrmänner fingen an zu ziehen. Kaum hatten sie die beiden ein Stück von dem Baumstamm weggezogen, löste sich der Stamm und stellte sich im Wasser auf. Matt erkannte es und schützte den Kopf des Jungen mit seinen Armen. Der Baumstamm schlug um, drückte sie beide unter Wasser und schien sich wieder verkeilt zu haben.

Alle erstarrten und schienen die Sekunden zu zählen, bis sie wieder auftauchten. Aber der Fluss gab sie nicht mehr frei. Paul schrie Till etwas zu. Doch der schüttelte nur den Kopf, während er sich zusammen mit den Feuerwehrmännern mit aller Kraft in das Seil legte.

Für Kim schien alles wie in einem Film abzulaufen. Sie sah, wie Paul im Wasser an den Seilen hantierte. Beth rief ihr etwas zu, aber Kim konnte sich nicht mehr bewegen. Sie schaute zwar zu Beth, doch die konnte in ihren Augen nur noch Leere erkennen. Kim war keine Hilfe mehr.

„Evan!", rief Beth. „Hilf mir, mein Seil festzumachen, und danach kümmere dich um Matts Freundin."

Evan half ihr mit den Seilen und fragte kurz: „Um wen?"

„Matt - Kim – Liebe. Kümmere dich! Ich komme klar", rief sie ihm zu und verschwand in der Böschung. Evan drehte sich zu Kim um und erkannte erst jetzt ihre Verfassung. Sie kniete in einer Pfütze und schaute wie hypnotisiert auf den Fluss. Er hockte sich hinter sie und legte seine Hände auf ihre Schultern.

Beth hangelte sich an den Seilen zur Flussmitte, während Paul sich selbst an einem Seil zu dem Baumstamm treiben ließ. Dort angekommen tauchte er ab. Nach dem zweiten Versuch gab er Beth zu verstehen, dass er sie brauchte. Sie fing an zu kraulen, um so schnell wie möglich bei ihm zu sein. Paul erklärte ihr etwas, dann tauchten beide. Sie kamen wieder hoch. Paul stemmte sich gegen den Stamm und Beth tauchte erneut. Als Erstes erschien ihr erhobener Daumen aus dem Wasser und Paul schrie etwas zu Tilman. Der zog mit den Feuerwehrmännern so schnell er konnte an dem Seil. Matt und der Junge kamen an die Oberfläche und wurden an Land geholt.

Dem Jungen schien es den Umständen entsprechend gut zu gehen. Er hustete und übergab sich. Matt aber rührte sich nicht. Er war bewusstlos und alle stürzten sich helfend auf ihn.

„Sie müssen ihn nicht reanimieren. Er scheint nur bewusstlos zu sein. Hörst du? Sie legen ihn jetzt in die stabile Seitenlage. Er scheint nur bewusstlos zu sein", hörte Kim Evan sagen. Er klopfte ihr noch einmal auf die Schulter und stand auf, um Beth wieder an Land zu helfen.

„So ein riesengroßer verdammter Scheißtag!", schrie Beth, als sie wieder oben auf dem Weg saß und sich kurz ausruhte.

Auf der anderen Flussseite kümmerten sich alle um Matt, der nach wie vor bewusstlos auf der Trage in den Rettungswagen geschoben wurde. Till half dem Jungen beim Einsteigen und redete noch einmal kurz mit dem Fahrer. Alle Türen schlossen sich und der Rettungswagen fuhr los.

Kim hatte sich gerade soweit gefangen, dass sie beim Einholen der Seile wieder mithelfen konnte. Sie konnte keinen klaren Gedanken fassen. Alles was sie tat, geschah automatisch. Niemand sagte etwas, auch nicht auf der Fahrt zur Wache und auch nicht, als sie die Seile zum Trocknen aufhängten.

Paul und Beth waren bereits unter der Dusche, um sich aufzuwärmen.

Nachdem die Streifenwagen und der Pick-up wieder einsatzbereit waren, gingen Kim, Evan und Till noch immer wortlos in die Wache und machten sich Kaffee.

Paul und Beth waren noch duschen, als ein lauter und lang gezogener Schrei durch die ganze Wache tönte. Es war Beth, die kurz darauf völlig ausrastete. Man konnte hören, wie sie mit den Fäusten auf eine Wand einschlug und dabei immer wieder „Scheiße! Scheiße! Scheiße! Verdammter Dreck!" und noch unzählige weitere Schimpfworte schrie.

Alle rannten zu den Sanitärräumen und fanden Paul splitterfasernackt vor der Damendusche, bereit, die Tür einzutreten. Beth schien sich nicht mehr beruhigen zu wollen.

„Lass sie bitte!", sagte Kim. Es war ein Wunder, dass die anderen sie überhaupt hören konnten, so laut schrie Beth. Alle sahen zu ihr und erwarteten eine Erklärung. Sie setzte sich auf den Boden, starrte ins Leere und sagte: „Bill ist tot, ich habe euch im Stich gelassen und …", mehr konnte sie nicht sagen. Wenn sie jetzt Matts Namen aussprechen würde, könnte sie ihre Tränen nicht mehr zurückhalten. Sie wollte unbedingt verhindern, dass sich heute noch einmal jemand um sie kümmern müsste.

Die drei Männer setzten sich neben sie und warteten, bis Beth ruhiger werden würde.

„Ich hole den Schlüssel", sagte Kim, nachdem es still geworden war und ging. Als sie wiederkam, zog sich Paul an. Die anderen beiden saßen immer noch im Flur vor den Duschen. Kim schloss auf und ging hinein. Beth lag nackt mit angezogenen Beinen auf der Seite auf dem Boden, hielt sich ein Handtuch vors Gesicht und weinte hinein. Als sie Kim bemerkte, sagte sie schluchzend: „Ich bin okay. Geh bitte. Ich komme bald raus." Kim blieb nichts anderes übrig, als den Rückzug anzutreten.

Beth war kreidebleich, als sie später in die Wachstube kam, in der die anderen saßen und schweigend ihren Kaffee tranken. Sie stellte sich demonstrativ neben Kim, legte ihr eine Hand auf die Schulter und sagte ohne jede Regung in ihrer Stimme: „Tilman, kannst du uns nach Clearwater fahren, sobald Paul und Evan hier klarkommen."

„Ihr könnt gleich fahren", antwortete Evan mit einem Blick auf Paul, der zustimmend nickte.

Kim und Beth saßen schweigend hinten im Streifenwagen und hielten sich an den Händen.

„Es tut mir leid", flüsterte Kim mit zitternder Stimme.

Beth holte Luft, um etwas zu sagen, schien aber ihre Worte noch einmal überdenken zu wollen. Sie war stinksauer. Kim hatte sich nun wirklich einen ordentlichen Anschiss verdient. Andererseits hatte Beth sie auch in den letzten Wochen beobachtet und mitbekommen, wie sehr sie um Matt bemüht war. Während des gefährlichen Einsatzes bekam sie Gewissheit, dass er sich wohl auch für sie interessierte. Eventuell war Bills Tod auch nicht spurlos an ihr vorbeigegangen. Das alles konnte für manchen einfach zu viel sein. Aber den Anschiss musste sie bekommen. Da war sie sich sicher und sagte sehr laut, aber ohne Kims Hand loszulassen: „Das war eine verdammte Scheiße, die du da abgezogen hast. Mit der Nummer hast du uns alle noch mehr in Gefahr gebracht, als es sowieso schon der Fall war. Das war absolute Oberkacke!"

Kim schaute geradeaus und wusste nicht, was sie sagen sollte. Am liebsten hätte sie sich auf der Stelle selbst in den Fluss gestürzt.

Beth sah sie an: „Ihr beiden müsst klare Verhältnisse schaffen. Nicht nur wegen euch. Sondern auch wegen Till, Paul, Evan und mir. Das ist verdammt nochmal wichtig."

Kim schaute nun auch zu ihr und begann zu reden: „Aber wenn er …"

„Halt die Klappe!", fuhr Beth ihr sehr laut ins Wort. „Das passiert mir heute kein zweites Mal. Halt die Klappe! Er war bewusstlos und wird bald wieder auf dem Damm sein. Halt die Klappe!"

Jetzt sackte Kim endgültig zusammen und merkte nicht einmal mehr, dass Beth noch immer ihre Hand hielt.

Beth hatte Mitleid und versuchte, Kim wieder ein wenig aufzurichten: „Kim, meine Liebe, egal was passiert, am Ende sind wir doch alle eine Familie", sagte sie und küsste sie auf die Wange.

Das Ende der Unschuld

1977

Matt stand vor der Schule und wartete auf seinen Dad. Heute wollten sie zur Polizei fahren, weil sie da etwas Wichtiges mit dem Sheriff besprechen müssten, hatte sein Dad ihm gesagt.

Eigentlich musste Tom nur seine Bestätigung über eine Anstellung abgeben. Er hatte es tatsächlich geschafft, einen Job bei einer kleinen Baufirma zu finden. In den letzten Wochen hatte er sich tatsächlich zusammenreißen können und war um einiges ruhiger geworden.

Nachdem er Matt beinahe krankenhausreif geprügelt hatte, hatte Dr. Brown den Sheriff und die Schule informiert. Sheriff Smith war nur kurze Zeit später zu ihm an die Arbeit gekommen, um ihn zum Zustand seines Sohnes zu befragen und noch am selben Abend hatte er zusammen mit Matts Lehrerin bei ihnen vor der Tür gestanden, um mit ihm und Rebecca zu reden.

Tom war klar geworden, dass er sich nun überhaupt nichts mehr erlauben durfte. Sheriff Smith sah ihn seitdem immer an, als wolle er ihn auf der Stelle erschießen.

Rebecca aber hielt zu ihrem Mann. Sie wich die ganze Zeit über nicht von der Geschichte mit dem Treppensturz ab. Dafür war Tom ihr in der Tat dankbar gewesen, gezeigt hatte er es ihr, indem er scheinbar weniger trank. Allerdings traute sie dem Frieden nicht. Sie wusste, es war nur eine Frage der Zeit, bis er das nächste Mal die Kontrolle verlieren würde. Je mehr Zeit verstrich, desto mehr Angst bekam sie vor diesem Tag. Sie fürchtete, dass sämtliche Aggressionen, die sich in dieser Zeit bei ihm angestaut haben würden, auf einmal gegen sie entladen könnten. Nach nunmehr fünf Wochen der Ruhe hatte sie schlicht Todesangst. Jeden Abend, wenn sie Matt ins Bett brachte, erinnerte sie ihn an den Weg zum Haus von Sheriff Smith und an die Klingel. Sie konnte nur hoffen, dass Matt den Weg auch wirklich noch kannte. An dem Tag, an dem der Sheriff mit Matts Lehrerin bei ihnen gewesen war, um über Matts vermeintlichen Treppensturz zu reden, hatte sie, während Tom nicht dabei war, zu Bill gesagt: „Glauben Sie mir, Sheriff. Matt wird nie wieder die Treppe hinunterfallen. Das garantiere ich Ihnen."

Bill wusste nicht genau, was er davon halten sollte. Er hoffte inständig, dass Rebecca ihren Mann nicht umbringen wollte oder etwas anderes Unüberlegtes vorhatte. Jedenfalls hatte sie es so deutlich gesagt, dass er, zumindest was ihren Sohn anging, sicher sein konnte.

Matt wartete nun schon über eine Stunde im Regen und wusste nicht, was er tun sollte. Von hier aus kannte er zwar den Weg nach Hause, aber der war sehr weit. Außerdem würde sein Dad sicher schimpfen, wenn er nicht vor der Schule stünde. Den Weg zum Sheriff kannte er von hier aus nicht. Also blieb ihm nichts anderes übrig, als zu warten. Er spielte ein wenig mit den Pfützen, holte sich eine Hand voll Erde und machte Matsch und versuchte, Regentropfen mit der Zunge zu fangen. Dabei bekam er nicht mit, wie der alte Roger schon drei Mal mit seinem Schlepper an ihm vorbeigefahren war.

Nun kam Roger zum vierten Mal vorbei. Er hatte sich die letzten Male schon Gedanken gemacht, warum der Junge hier so mutterseelenallein herumstand. Er hielt an und fragte ihn: „Na, Großer! Auf wen wartest du denn?"

„Auf Dad."

Roger vermutete, dass Tom wahrscheinlich irgendwo betrunken in einer Ecke lag. „Soll ich dich auf dem Schlepper mitnehmen und nach Hause bringen?"

Matt wusste nicht, was er tun sollte. Immerhin war Roger vor einiger Zeit einmal mit dem Sheriff bei ihnen gewesen. Mum war sehr nett zu ihm gewesen, also schien er ein netter Mann zu sein. Andererseits würde sein Dad bestimmt wieder böse werden, wenn er ihn abholen käme und er nicht auf ihn gewartet hatte.

Roger sah, wie Matt angestrengt überlegte, und half ihm bei seiner Entscheidung: „Ich werde deinem Dad sagen, dass es meine Idee war. Deine Mum wird froh sein, wenn du bei dem Wetter überhaupt nach Hause kommst. Mach dir keine Sorgen."

Das klang für Matt ganz vernünftig und er nickte.

Mit dem Schlepper zu fahren war vielleicht ein Abenteuer. Von hier oben sah alles ganz anders aus und der Motor machte, dass der ganze Schlepper zitterte und wackelte. Matt saß neben Roger und strahlte übers ganze Gesicht. Er wusste gar nicht, wo er zuerst hinschauen sollte. Auf die großen Räder, zwischen denen er saß, oder auf Roger, der sich beim Fahren ziemlich anstrengen musste. Oder auf den Auspuff, aus dem wie aus einem Schornstein Rauch aufstieg. Die Fahrt war so ziemlich das Beste, das er in den letzten Wochen erlebt hatte, und sie war viel zu schnell zu Ende. Matt war ein wenig traurig, dass sie schon vorbei war, aber auch froh, angekommen zu sein.

Roger sah Toms Pick-up in der Einfahrt stehen. „Dein Dad scheint zu Hause zu sein. Soll ich noch mit hineinkommen und deinem Dad sagen, dass es meine Idee war, dich mitzunehmen?", fragte Roger, während er Matt vom Schlepper hob.

Matt sah ihn an und schüttelte den Kopf. Er hatte so ein Gefühl, als ob es nicht gut wäre, wenn er Roger mit ins Haus nehmen würde. Er beschloss, ihm und dem Schlepper zu winken.

„Wenn du mal wieder Lust auf eine Runde hast, sag mir nur Bescheid!", rief Roger zum Abschied und winkte zurück.

Matt stand vor dem Haus und traute sich nicht hinein. Er hatte Angst. Nicht, weil er wegen der Fahrt mit Roger Ärger bekommen könnte. Es war eine andere Angst. So wie die Angst vor einem dunklen Raum. Aber es war sein Zuhause. Er war schon so oft durch diese Tür gegangen. Heute aber schien irgendetwas anders zu sein. Als ob da drinnen etwas Böses auf ihn warten würde. Er gab sich einen Ruck und ging hinein. Alles war still, bis auf ein eigenartiges Geräusch in der Küche. Matt hatte etwas Ähnliches schon einmal gehört. Als sein Dad ihm gezeigt hatte, was er immer mit Mum machte. Er stellte seine Schultasche in den Flur, zog Jacke und Schuhe aus und ging dem Geräusch nach in die Küche. Sein Dad stand mit heruntergelassenen Hosen am Tisch wie damals. Dabei bewegte er sich vor und zurück, während er ein Bier trank. Rechts und links neben ihm hingen die Arme seiner Mum vom Tisch herunter und wackelten im gleichen Takt, in dem sein Dad sich bewegte. Mehr konnte er nicht erkennen. „Mum", flüsterte er und ging langsam um den Tisch herum. Was auch immer Dad damals mit Mum gemacht hatte, er hatte es an ihrem Po gemacht. Nun aber lag seine Mum mit dem Rücken auf dem Tisch. Arme, Beine und Kopf hingen herab und Dad stand ganz nah an ihrem Gesicht und bewegte sich vor und zurück. Matt schrie. Laut und schrill. Er hörte nicht auf zu schreien, lief zum Tisch, wollte seiner Mum helfen. Aber er wurde gepackt und flog gegen den Schrank. Der Aufprall war so heftig, dass der Schrank drohte umzufallen. Er berappelte sich, während noch einiges Geschirr und Besteck neben ihm aufschlug und teilweise zu Bruch ging. Sein Dad sagte kein Wort, sondern drohte ihm mit der Flasche, als wolle er sie ihm auf den Kopf schlagen. Obwohl Matt nicht wirklich weinte, rannen ihm Tränen über das Gesicht. Sein Dad stellte sich wieder an den Kopf seiner Mum und es ging weiter. Matt hatte keine Ahnung, was das alles sollte, aber seine Mum bewegte sich nicht mehr, jedenfalls nicht von selbst. Sie wackelte eigentlich nur so, wie Dad sich an ihrem Kopf bewegte. Jetzt konnte er es erkennen. Etwas war in ihrem Hals, denn er schwoll immer wieder an. Bestimmt bekam sie deswegen keine Luft. Aber was tat sein Dad da? Und was konnte er tun? Irgendwie musste sie wieder Luft bekommen! Irgendwie musste das da aus ihrem Hals heraus und aus irgendwelchen Gründen wollte sein Dad das nicht. Irgendetwas musste er tun! Er war allein. Der Sheriff zu weit weg. Roger bestimmt auch schon. Er war allein. Etwas musste geschehen. Dringend! Er war allein. Stille erhob sich in seinem Kopf. Matt dachte nichts mehr, als er das Messer nahm, das eben mit ihm zusammen vom Schrank gefallen war. Er dachte nichts, als er damit zum Tisch rannte, um auf dieses Ding im Hals seiner Mum einzustechen. Er hörte seinen Dad nicht vor Schmerzen schreien und er spürte nicht das Blut, das ihm aus dem Hals seiner Mum ins Gesicht spritzte. Matts einzige Reaktion, die man hätte wahrnehmen können, war sein Lidreflex. Er stand nur da und stach weiter auf dieses Ding im Hals seiner Mum ein.

Erst, nachdem Tom nach hinten umgefallen war, vor Schmerzen schrie und sich auf dem Boden wälzte, hörte Matt auf, den Hals seiner Mutter zu malträtieren.

Er hielt inne und lächelte. Seine Mum richtete sich auf. *Ein Glück, es geht ihr gut.* Sie sah so schön aus und nicht als hätte sie gerade diese komischen Sachen erleben müssen. Sie stieg vom Tisch, hockte sich vor ihn, lächelte ihn wie ein wunderschöner Engel an. Zärtlich streichelte sie sein Gesicht und sagte: „Mein großer Junge. Ich wusste immer, dass du mich von ihm befreien wirst. Ich liebe dich so sehr. Aber jetzt renne den Weg! Schnell! Zum Sheriff! Renne den Weg!"

Tom lag in einer Ecke und schrie vor Schmerzen, bis er aufsah. Matt stand am Tisch und lächelte in die klaffende Wunde an Rebeccas Hals. Noch immer quoll Blut aus ihr und tropfte unwirklich in die riesige Lache auf dem Boden. Sein Sohn sah aus, als hätte er in ihrem Blut geduscht und nun lächelte er den Leichnam seiner Mutter an. Tom verstand nicht, was er da sah, wandte sich keuchend von Matt ab und versuchte zu erkennen, was an ihm alles kaputt war, aber außer Blut und einigen Fetzen Fleisch konnte er nichts erkennen. Er schrie wieder voller Wut. Er wollte dem Bengel am liebsten das bisschen Leben aus dem Leib prügeln, aber es tat so weh, dass er kaum atmen konnte.

„Renne den Weg! Renne den Weg!", hörte Matt seine Mum immer wieder rufen. Und endlich lief er los. Es dämmerte und es hatte aufgehört zu regnen. Er lief in den Wald hinter dem Haus und dachte noch immer nichts. Die Stille schien ihn zu beflügeln. Er trug weder Jacke noch Schuhe. Er spürte nicht die Kälte, die vom Regen geschwängert nach wenigen Metern in sämtliche Poren kroch. Auch nicht die Steine und Äste, die seine Füße zerschnitten. Er rannte, rannte, rannte. Bis er am Haus des Sheriffs war und den Knopf drückte.

Charlene stand gerade in der Küche, als ein Geräusch sie zusammenfahren und erstarren ließ. Die Klingel! Etwas musste passiert sein. Etwas Schlimmes. Alle hatten gehofft, dass Matt sie niemals läuten würde. Er und Rebecca waren die Einzigen, denen sie die Klingel gezeigt hatten. Sie hatte sich ab und an Gedanken gemacht, wie es sein würde, wenn Matt käme und Hilfe bräuchte. Ihre größte Angst dabei war, allein zu Hause zu sein, wenn es geschehen würde. Aber Bill war da. Seine eiligen Schritte, die sich wild polternd den Weg aus dem Obergeschoss zur Haustür bahnten, ließen Charlene wieder atmen und sich bewegen. Sie stand gleichzeitig mit Bill vor Matt.

„Mami hat gesagt, ich soll den Weg rennen und die Klingel drücken."

Charlene hielt sich beide Hände vor den Mund und hoffte zu träumen. Matt war von oben bis unten voller Blut. Sein Haar war komplett verklebt. Er war barfuß und hielt ein blutiges Küchenmesser in der Hand. „Bill, das Messer", flüsterte sie, so leise sie konnte.

„Ich sehe schon", sagte Bill laut und mit dem Tonfall des lieben Mannes aus dem Kinderfernsehen. „Matt, mein Freund, du hast alles richtig gemacht", redete er weiter und kniete sich vor ihn. „Bestimmt hast du Angst und wir gehen gleich hinein. Charlene hat sicher wieder etwas von ihrer leckeren Limonade für dich." Während er sprach, holte er sein Taschentuch hervor, wickelte es sich um die rechte Hand und griff ganz vorsichtig nach dem Messer. „Das brauchst du nicht mehr. Du kannst es nun loslassen." Ganz sachte zog er es Matt aus der Hand und legte es hinter seinem Rücken ab. „So ist es gut, mein Freund." Bill wandte sich nicht von Matt ab und versuchte, mit den Augen weitere Verletzungen zu finden. Es war aussichtslos. Er musste ihn anfassen, um sicher sein zu können. „Tut dir denn außer den Füßen noch etwas weh?"

Er schüttelte den Kopf. Erst jetzt spürte Matt seine kaputten Füße und fing leise an zu weinen.

„Matt, ich möchte dich kurz untersuchen und nachsehen, ob du dir nicht doch noch irgendwo wehgetan hast. Darf ich dich anfassen?"

Matt nickte wieder und ließ sich von Bill von oben bis unten abtasten.

„Das sieht doch gut aus", sagte Bill erleichtert. „Ihr beiden könnt hineingehen und euch um deine Füße kümmern." Bill stand auf und sagte zu Charlene: „Nicht waschen! Nur verarzten! Ich melde mich."

Endlich konnte er los, rannte zu seinem Streifenwagen, als wäre der Leibhaftige hinter ihm her. Aus einer Ahnung heraus hatte er das Messer mitgenommen und fuhr ohne Blaulicht oder Sirene. Erst vor ein paar Tagen hatte er getestet, ob der Waldweg noch befahrbar war. Den nahm er auch, da er um einiges kürzer war und hier würde ihn niemand sehen. Beim Haus der Crawleys angekommen sprang er aus dem Wagen, zog seine Waffe und ging rufend hinein. Toms keuchende Versuche zu atmen, schienen das ganze Haus zu durchdringen.

„Tom! Wo bist du? Ich bin es, Bill Smith!"

„Küche", stöhnte er gequält.

Bill betrat die Küche. Nichts von alledem, was sich ihm hier bot, schien real zu sein. Sein Hirn weigerte sich, dieses Szenario als echt anzuerkennen. Rebecca lag rücklings auf dem Tisch und hatte eine große Wunde am Hals. Die riesige

Pfütze aus Blut reichte eigentlich aus, um sicher zu sein, dass sie tot war. Bill ging trotzdem zu ihr, um nach Lebenszeichen zu suchen. Ihr herabhängendes Gesicht sah friedlich aus, obwohl es von Wunden übersät war, die offensichtlich von zahlreichen heftigen Schlägen herrührten. Den Puls am Hals zu tasten, war unmöglich. Eine Unzahl von Stichen, hatte ihn regelrecht perforiert, es hatte nicht mehr viel zu einer Enthauptung gefehlt. Verschiedenfarbige Arten von Körpergewebe hingen lose in der klaffenden Öffnung. Bill griff nach ihrer Hand. Sie war eiskalt. Tränen schossen ihm in die Augen, nicht nur vor Trauer, sondern auch vor Wut. Wut auf dieses Stück Abschaum, das da in der Ecke lag und sich seinen blutenden Schwanz hielt. „Dafür wirst du Schwein den Rest deines Lebens bezahlen!", brüllte er Tom an. „Ich hoffe, du kommst im Knast zu den schlimmsten Arschlöchern, die es gibt, und sie besorgen es dir zu zehnt jeden Tag in der Dusche. Du hirnloses Schwein!" Bills Stimme überschlug sich und er war kurz davor, völlig die Kontrolle zu verlieren.

„Es war der Junge", rief Tom.

Das war zu viel. Bill stürzte auf ihn los, packte ihn am Hals und schrie ihn an. Er wollte Toms Gesicht zu Brei schlagen. Das hätte geholfen. Das hätte ihn beruhigt. In einem letzten hellen Moment ließ er von ihm ab und trat vor sich selbst erschrocken ein paar Schritte zurück. „Halt dein Maul! Ich muss nachdenken!", brüllte Bill eher zu sich selbst. Ein paar Minuten später schien er sich ein wenig gefangen zu haben. Er zog seine Handschuhe an und durchwühlte die Küche, bis er fand, wonach er suchte. Er musste sich zusammenzureißen, Tom die Schnapsflasche nicht einfach über den Schädel zu ziehen und ihn zu erschlagen. Stattdessen öffnete er sie und drückte sie Tom in die Hand. „Hier. Trink! Das wird dir bei den Schmerzen helfen." Tom trank und Bill forderte ihn auf, mehr zu trinken, bis die Flasche leer war. Dann ging er zum Auto und holte das Messer. Er hielt es an der Spitze der Klinge. Zurück in der Küche nahm er ein Tuch und wischte den Griff ab. Tom schlief im Vollrausch, als Bill ihm das Messer in die Hand legte. Danach ging er zu Rebeccas Leichnam und musste sich überwinden, ihren Tod zu entehren. Er trat absichtlich in ihr Blut, um es in der Küche, dem Flur und dem Hauseingang zu verteilen. Es musste einfach überall sein. Auf der Terrasse zog er sich die Handschuhe und die Stiefel aus und fuhr in Socken nach Hause.

Charlene saß noch immer mit Matt auf dem Küchenboden. Sie gab ihm Limonade und Kuchen. Beide hatten kein Wort gesprochen. Sie traute sich kaum, ihn anzuschauen. Das Blut war inzwischen verkrustet und juckte ihn. Er kratzte sich und der trockene Schorf, welcher vor kurzem noch warm, flüssig und lebenspendend durch die Adern seiner Mutter geflossen war, rieselte auf die Handtücher. Er war völlig abwesend. Charlene hätte ihm statt der Limonade auch bitteren Hustensaft geben können, er hätte ihn getrunken und nicht reagiert.

Bill kam zur Tür hinein und sah aus, als hätte er in der letzten Stunde die Qualen eines ganzen Krieges durchleben müssen. Er setzte sich zu Charlene und schüttelte den Kopf. Noch bevor sie reagieren konnte und in Tränen ausbrechen würde, musste er ihr sagen, was zu tun sei. Hastig gab er ihr Aufgaben, damit sie konzentriert blieb. „Der Junge ist jetzt erst gekommen. Es ist etwa 18:30 Uhr. Außer seinen kaputten Füßen gibt es nichts Auffälliges an dem Kind. Er ist sauber und hat nichts dabei. Überhaupt nichts! Kein Krümel und kein Fleckchen Blut darf übrig bleiben. Er darf niemals mit jemand anderem außer uns darüber reden. Nie wieder! Ich fürchte, du hast viel zu tun." Ohne ein weiteres Wort stand er auf und ging zum Telefon, um den Notruf zu wählen. Paul Sanders, der neue Deputy, meldete sich und Bill sagte: „Paul? Hier ist Bill! Der Crawley-Junge ist zu uns gekommen und völlig fertig. Da muss etwas passiert sein. Wir treffen uns dort am Haus. Charlene kümmert sich erst mal um den Jungen. Bis gleich!" Bill rannte wieder zum Wagen. Dieses Mal schaltete er Sirene und Blaulicht ein und nahm den normalen Weg die Straße entlang. Am Haus angekommen waren seine Kollegen noch nicht da. Sein Plan ging auf. Seine Verzweiflung über Rebeccas Tod musste er nicht vortäuschen, er weinte sowieso schon die ganze Zeit um sie.

Als seine Kollegen eintrafen, fanden sie ihn weinend auf den Stufen vor dem Haus sitzen. Er hielt sich seine blutverschmierten Hände vor das Gesicht.

Mrs. Crawley

2016

„Geht schon rein, ich suche noch einen Parkplatz", sagte Till und hielt direkt vor dem Eingang des Krankenhauses.

Kim und Beth hatten ihre Uniformen angezogen. Das half in Krankenhäusern oftmals, um schneller irgendwo hinzugelangen. Die größte Hürde heute aber waren sie selber. Keine von beiden traute sich hinein. Zu unsicher war der Ausgang ihres Besuches und zu jung und schmerzvoll die Erinnerung an ihr letztes Erleben hinter diesen roten Klinkermauern.

Kim ergriff die Chance, um wenigstens bei dieser unbedeutenden Kleinigkeit für Beth da zu sein. Sie hielt ihre Hand spürbar fester und zog sie durch den Eingang, auch wenn es ihr selbst wie das Durchschreiten des Tores zur Hölle vorkam.

Am Empfang standen so viele Menschen, dass es hoffnungslos schien, selbst in Uniform an Informationen zu gelangen.

„Bleibst du hier und versuchst herauszufinden, wo er liegt? Ich sehe mal zu, wo man hier einen Kaffee bekommt", sagte Beth. Kim nickte und Beth machte sich auf den Weg. Als sie mit drei Bechern zurückkam, warteten Kim und Till brav in der Schlange der Besucher.

Das Mädchen hinter dem Tresen schien ihren Job noch nicht sehr lange zu machen. Sie brauchte ewig, bis sie etwas in ihrem Computer gefunden hatte. Endlich waren sie an der Reihe und Kim erklärte ihr, wen sie suchten.

Erstaunlicherweise ging es auf einmal ganz flott. „Intensivstation, dritter Stock, dort müssen Sie klingeln und sich anmelden. Ich gebe Bescheid, dass die Polizei kommt", sagte das Mädchen.

Wenigstens dafür war die Uniform gut, dachte Kim.

Vor der Tür mit der Klingel wartete bereits ein sehr junger Arzt und erkundigte sich als Erstes, ob sie denn Angehörige von Mr. Crawley seien.

Kim und Beth zuckten zusammen. „Sein letzter Angehöriger ist heute Vormittag hier verstorben. Sein Stiefvater, Bill Smith", sagte Kim wahrheitsgemäß.

„Tut mir leid", sagte der Arzt. „Ich darf Informationen nur an Angehörige herausgeben."

Beth improvisierte und zeigte auf Kim: „Sie ist seine Verlobte, die beiden wollen im Frühjahr heiraten. Zählt das nicht auch als Angehörige?"

Kim wollte im Boden versinken und wurde sauer. Doch Scham und Ärger wurden schnell von einem Gefühl der Erleichterung und auch etwas Stolz abgelöst. Sie war tatsächlich ein wenig stolz darauf, dass Beth sie mit Matt schon vor dem Traualtar sah.

„Das soll mir reichen", sagte der Arzt. „Er ist momentan noch bewusstlos. Wahrscheinlich wegen des Schlages auf den Kopf. Das CT war unauffällig. Wir machen aber zur Sicherheit noch ein MRT. Derzeit geben wir ihm Medikamente, damit wir das restliche Wasser aus den Lungen bekommen. Er wird engmaschig überwacht. Das MRT werden wir innerhalb der nächsten Stunde machen können. Ansonsten können wir nur abwarten."

„Wann kann ich - können wir zu ihm?", fragte Kim.

„Wenn das MRT auch ohne Befund ist, spricht nichts dagegen. Solange bitte ich Sie noch um Geduld. Am Ende des Flures ist ein Warteraum. Ich komme dort hin, um Ihnen Bescheid zu geben."

Im Warteraum angekommen, fragte Till, der die ganze Zeit kein Wort gesagt hatte: „Was, wenn die rausbekommen, dass ihr gelogen habt?"

Kim hatte überhaupt keine Lust, Till jetzt auch noch Auskunft über ihr Gefühlsleben zu geben, aber da war Beth schon wieder zur Stelle. Sie ging zu Till, legte einen Arm um seine Schultern und sagte: „Till, mein Großer, eigentlich hast du wieder eine auf den Kopf verdient." Stattdessen wuschelte sie ihm wild durch die Haare. „Du sollst doch mit offenen Augen durchs Leben gehen! Unsere liebe Kim hier möchte wirklich gerne Mrs. Crawley werden und unser lieber Sheriff hat auch gar nichts dagegen. Sie wissen nur beide noch nichts von den Gefühlen des anderen. Nun sei ein lieber Junge und besorge uns dreien noch eine Runde Kaffee." Nachdem sie ihm etwas Geld in die Hand gedrückt hatte, vergaß sie trotzdem nicht, ihm doch noch einen freundschaftlichen Klaps auf den Hinterkopf zu verpassen.

Zwei Stunden und drei Runden Kaffee später kam der Arzt und erklärte, dass das MRT auch ohne Befund sei und Matt eigentlich nur noch aufwachen müsse.

„Dürfen wir zu ihm?", fragte Kim.

„Ja, aber nur kurz, und seien Sie bitte leise! Nicht alle unserer Patienten sind bewusstlos."

Nachdem sie ungefähr 30 Minuten schweigend vor Matts Bett gestanden hatten, kam eine Schwester und bat sie, wieder zu gehen. Kim sah sie erstaunt an. Es kam ihr bei Weitem nicht wie eine halbe Stunde vor. Sie ging noch schnell um das Bett, um wenigstens für einen Moment seine Hand zu halten, beugte sich zu seinem Gesicht herunter und sagte leise: „Matt, ich glaube nicht nur, dass ich dich noch brauche, ich bin mir sicher!", und küsste ihn auf die Stirn.

Zurück im Warteraum fragte Beth: „Willst du lieber hierbleiben?"

„Wir sind schon einer weniger. Ihr könnt nicht auch noch auf mich verzichten."

„Doch, können wir! Wir hatten schon weniger Personal. Außerdem brauchen wir Informationen über seinen Zustand aus erster Hand."

Till, der eigentlich ein paar freie Tage haben sollte, stimmte ihr zu: „Bleib mal hier. Ich fände es auch besser, wenn wir sofort erfahren, was los ist, und hier habt ihr auch etwas Zeit und Ruhe, um eure Hochzeit zu planen."

Kims und Beths Blicke trafen sich. Sie waren unsicher, ob er das gerade tatsächlich gesagt hatte.

„Ich schaue unten im Shop nach einem Block und einem Stift und mache mich schon mal an die Gästeliste. Till, du stehst ganz oben", sagte Kim belustigt und Till schien sich tatsächlich zu freuen.

Beth verdrehte die Augen und winkte ab. *Vielleicht habe ich ihn einfach zu oft geschlagen*, dachte sie.

Kim zog sich wieder einmal die Decke neu über. Auf diesen Besucherbänken zu schlafen war an und für sich schon nicht so einfach. Aber auch in Clearwater schien der Durchschnittsbürger deutlich kleiner als 1,80 Meter zu sein. Die Decke hatte Till ihr noch aus dem Streifenwagen gebracht. Nun war es 3:50 Uhr in der Nacht. Die Schwester hatte sie um 21:00 Uhr das letzte Mal zu Matt gelassen. Kim dämmerte im Halbschlaf vor sich hin und die verrücktesten

Träume, von denen sie alle paar Minuten wach wurde, ließen sie nicht zur Ruhe kommen. Plötzlich wurde es hell. Sie stand völlig neben sich und brauchte einige Sekunden, um zu realisieren, wo sie war und warum sie hier war.

Die Nachtschwester stand vor ihr und ließ ihr etwas Zeit, um sich zu sammeln. „Mrs. Crawley, Ihr Mann ist aufgewacht. Er möchte Sie sehen."

Jetzt war auch noch unklar, wer sie überhaupt war.

„Was? Wer?", stotterte Kim. Langsam begann sie zu begreifen, wer gemeint war und warum er mitten in der Nacht aufwachte und sie sehen wollte und weshalb sie einen neuen Namen hatte. Augenblicklich schossen ihr Tränen der Erleichterung aus den Augen und sie rannte los.

Die Nachtschwester musste ihr hinterherrufen: „Mrs. Crawley! Halt! Das ist die falsche Richtung!"

Kim hielt an und drehte sich um.

„Er hat versprochen, nicht wieder einzuschlafen, bis sie bei ihm waren", fuhr sie fort und lächelte fast mütterlich. „Wir können normal gehen."

Kim ging durch die Tür und sah Matt aufrecht im Bett sitzen. Die Sauerstoffmaske hatte er sich auf die Stirn geschoben.

„Du gibst dich also als meine Frau aus?", fragte er etwas gequält. Seine Kopfschmerzen waren höllisch. Trotzdem schaffte er es, ein verschmitztes Lächeln aufzusetzen. „War das euer Trick, um hier hereinzukommen?"

„Nein", flüsterte sie. Kim hatte keine Lust mehr auf irgendein Hin und Her. Das wollte sie hier und jetzt beenden. Alle anderen wussten es ja sowieso schon.

„Nein? Nein, was? Nein Frau? Nein Trick?"

Sie setzte sich auf den Stuhl und griff nach seinen Händen. „Erst war es ein Trick von Beth. Aber ich fände es gut, wenn es irgendwann einmal kein Trick mehr wäre." Kims Hände zitterten, so aufgeregt war sie und so froh, dass er wieder wach war, und dass sie es endlich ausgesprochen hatte.

„Das ist kein Traum, oder?" Aus seinem Lächeln wurde ein Strahlen.

„Wieder nein!", sagte Kim, während sie gleichzeitig lachte und weinte. Matt zog an ihren Händen. Sie nahm die Aufforderung an und legte ihren Kopf neben seinen auf das Kissen, gab ihm einen Kuss auf die Wange und sagte: „Hat es wehgetan, Liebling?" Beide prusteten los und mussten aufpassen, nicht zu laut zu werden. Matt drehte seinen Kopf, um ihr endlich so in die Augen schauen zu können, wie er es sich schon seit Wochen wünschte. Keiner von beiden lachte mehr. Sie sahen sich an, genossen es, den Atem des anderen zu spüren und sich endlich zu küssen.

Die Schwester kam herein und räusperte sich leise: „Ich muss Sie wirklich bitten, leiser zu sein. Sonst muss ich Sie wieder hinausschicken."

Kim trennte sich von seinen Lippen und drehte sich um. „Tut mir leid, aber ..."

„Ich weiß schon", unterbrach die Schwester. „Kommen Sie nur bitte kurz mit."

Kim sah noch einmal zu Matt und strahlte ihn an, bevor sie mit der Schwester nach draußen ging. Die erklärte ihr, dass sie einen Arzt holen könne, der sich Matt anschaue und er vielleicht noch in der Nacht ein Einzelzimmer bekommen könne. Man sei froh über jedes Bett, das auf der Intensivstation frei werden würde. In den normalen Zimmern gäbe es auch einen besseren Stuhl für die Angehörigen. Dort würden sie auch niemanden stören.

„Das wäre fantastisch", sagte Kim. „Ich werde es ihm gleich sagen. Ganz leise natürlich. Ich warte dann draußen, bis er verlegt wurde. Ach, und ...", sie schaute auf das Namensschild der Schwester, „danke, Mathilda, Sie sind ein Engel!"

Als Kim wieder in dem Wartezimmer saß, war es 4:20 Uhr. Sie schrieb eine Nachricht an die Kollegen. Alle vier antworteten ihr innerhalb von wenigen Sekunden. *Wir sind wohl tatsächlich so etwas wie eine Familie*, dachte sie.

Keine Stunde später war es endlich soweit. Sie sah Matt in einem Einzelzimmer wieder. „Wo waren wir stehen geblieben, Sheriff?"

„Bei der besten Medizin gegen meinen Brummschädel, Deputy."

Kim schob den Stuhl, der fast ein Sessel war, ganz nah an das Bett, klappte ihn in die Liegeposition und legte sich halb auf den Stuhl und halb auf das Bett. „Ich bin so froh, dass du wieder aufgewacht bist", flüsterte sie Matt ins Ohr und schlief ein.

Jemand flüsterte. Matt flüsterte auch. Kim wurde langsam wach und fühlte sich gut. Sie öffnete die Augen und sah in Matts Gesicht. Er lächelte sie an und sagte leise: „Hallo, du Schlafmütze, wach auf, der Kaffee wird kalt."

Kim glaubte einfach nicht, was sie da hörte. Sie erhob sich, machte ein knurrendes Geräusch und rieb sich die Augen. „Ich bin keine Schlafmütze!"

Gelächter. Maria und Beth standen auf der anderen Seite des Bettes und hatten beide ein breites Grinsen im Gesicht.

„Das war ja wohl der ultimative Beweis", stellte Beth fest und hielt ihr einen Kaffeebecher vor die Nase.

„Danke!", grummelte Kim und nachdem sie einen Schluck genommen hatte, fuhr sie fort. „So langsam hasse ich euch dafür! Habt ihr eigentlich eine Ahnung, wie unbequem diese Wartezimmerbänke sind?"

„Haben wir nicht, aber wir haben das hier für dich, weil wir dich so sehr lieben", warf Maria ein und hob die Hand, in der sie ein Handtuch und einen Kulturbeutel hielt.

„Das ist ja noch besser als Kaffee!" Sie wollte direkt aufspringen und sich frisch machen, aber ihre Hand hinderte sie daran. Sie hielt Matt fest und wollte ihn eigentlich gar nicht loslassen. Lächelnd zog sie ihre Hand trotzdem langsam weg.

„Du darfst ihn ruhig küssen", sagte Maria. „Darauf warte ich sowieso schon seit Wochen."

Kim tat, als hätte sie es nicht gehört, beugte sich über Matt und sagte demonstrativ: „Guten Morgen, mein Schatz!", gab ihm einen Kuss und verschwand im Bad.

Moon River

1977

Charlene hatte Angst. Angst vor diesem kleinen Jungen, der vor ihr in der Badewanne saß. Sie erinnerte sich an den Zwischenfall in Rosies Laden und an die Kraft, die Matt damals schon gehabt hatte. Jetzt war er zwei Jahre älter. Sie war sich nicht sicher, ob sie ihn allein festhalten könnte, wenn er wieder so einen Anfall bekommen würde. Sie traute sich kaum, ihn anzusprechen, aber es war an ihr hängen geblieben, ihm vom Tod seiner Mum zu berichten. Charlene vertraute ihrem Mann, aber ihr war auch klar, dass Bill irgendetwas Unrechtes getan hatte, um Matt zu schützen. Er würde es ihr noch erklären, da war sie sich sicher. Sie war sich auch sicher, dass, was immer Bill auch getan hatte, zumindest moralisch in Ordnung sei. Sie ließ Matt erst einmal allein in der Wanne, um die blutigen Handtücher in die Waschmaschine zu stecken und alles, wo Matt entlanggelaufen war, gründlich zu reinigen. Mit seinen zerschnittenen kleinen Füßen hätte Matt in dem warmen Wasser eigentlich vor Schmerzen schreien müssen, aber er zuckte nicht einmal und ließ alles mit sich geschehen.

Nun saß sie wieder vor der Wanne, hatte Angst und wusste nicht, wie sie anfangen sollte. Mit allem Mut und zittriger Stimme sagte sie: „Matt, mein Lieber, schlimme Dinge sind heute geschehen und wir beide müssen darüber reden."

Große, von Erwartungen erfüllte Kinderaugen sahen sie an. „Wann kommt Mum?"

Das war zu viel. Auf der Stelle schossen ihr die Tränen in die Augen.

„Mum hat gesagt, wenn ich die Klingel drücke, kommen Leute und helfen."

Charlene war im Zugzwang. „Matt, es tut mir so leid, aber die Leute kamen zu spät und konnten deiner Mum nicht mehr helfen. Sie ist ..." Ihr ganzer Körper weigerte sich, diesen Satz zu vollenden.

„Ist sie gestorben? Habe ich ihr zu spät geholfen?"

Die Antwort auf die nächste Frage wollte Charlene eigentlich gar nicht hören. Aber sie war wichtig: „Matt, was ist denn passiert?"

„Mum hat keine Luft bekommen, weil Dad ihr etwas in den Hals gesteckt hat."

„Was hat er ihr denn in den Hals gesteckt?"

„Ich glaube sein ..." Er stockte, sah an sich herunter und schien an dem, was er gesehen hatte, zu zweifeln.

Charlene zweifelte nicht. Fühlte aber, wie sich ein unsichtbares Seil langsam um ihren Hals zu legen schien. So sehr raubte die Situation ihr den Atem. „Und dann?"

„Habe ich ihn rausgeschnitten", sagte er und realisierte in diesem Moment, was er getan hatte. Er schaute auf und sah sie direkt an. In seinen Augen stand die pure Verzweiflung. Sein Gesicht verzog sich, als würde er unsägliche Schmerzen erdulden. Tränen rannen aus seinen Augen. Kein Ton war zu hören.

Charlenes Herz zerbarst in Millionen Splitter. All ihre Muskeln schienen ihren Dienst zu versagen.

Unfähig sich zu bewegen saßen sie sich vom Schock gelähmt gegenüber. Irgendwann begann Matt laut zu werden. Seine Stimme erhob sich laut und schrill, als wolle er sämtliches Glas im Haus zerspringen lassen.

Sie ließ ihn schreien. Vielleicht, damit sie nicht selbst vor Verzweiflung schreien musste.

Bill wollte seine Kollegen nicht ins Haus lassen. „Holt einen Krankenwagen, einen Leichenwagen und das FBI. Das ist mehrere Nummern zu groß für uns. Außerdem reicht es, wenn ich da drinnen schon gewütet und den Tatort verunreinigt habe. Rebecca ist tot und Tom ist verletzt".

Sie glaubten ihrem Sheriff, gingen trotzdem hinein, um sich um Tom zu kümmern. Kamen aber direkt wieder heraus, um sich zu übergeben. „Der Typ ist ja völlig irre!", sagte einer der Deputies.

Gut, also haben sie das Messer in seiner Hand gesehen, dachte Bill.

Ihm war klar, dass ihm eine sehr lange Nacht bevorstand, und hoffte darauf, dass Charlene mit ihren Aufgaben vorankam. Die Kollegen vom FBI würden ihm eine Menge unangenehmer Fragen stellen. Er musste sie nur lange genug hinhalten, damit Charlene so viel Zeit wie möglich blieb, um Matt beizubringen, was er nun tun dürfe und was nicht. Sollte diese ganze Sache herauskommen, so würde er auf jeden Fall dafür geradestehen. Es war vielleicht gegen die Regeln. Nein. Es war auf jeden Fall gegen alle Regeln, aber es war auch wichtig und richtig, den Jungen zu schützen und Tom zu bestrafen. Das war seine feste Überzeugung.

Matt und Charlene lagen im Bett. Sie lag ganz dicht hinter ihm und hatte ihren Arm um den kleinen Körper geschlungen. Irgendwann hatte er ihre Hand genommen und bewegte sich seitdem keinen Millimeter mehr.

„Matt", flüsterte sie, „schläfst du?"

Er rührte sich nicht.

„Du musst nicht reden. Du kannst auch einfach meine Hand drücken." Kaum spürbar schloss sich seine Hand ein wenig fester um ihre.

„Matt, wir brauchen einen Plan. Hörst du?" Jetzt war sein Druck deutlich zu fühlen.

„Bill und ich, wir werden dich immer beschützen, egal was passiert. Das verspreche ich dir. Wir sind leider momentan die Einzigen, denen du vertrauen kannst. Es werden viele Leute kommen und dir Fragen stellen. Wir dürfen dann aber nicht dabei sein." Ein kurzer Schmerz verriet ihr, dass ihr Plan aufgehen könnte.

„Es ist ganz einfach. Du musst einfach nur schweigen. Wenn du reden möchtest, darfst du das nur mit Bill oder mir tun. Hörst du?" Noch einmal presste er ihre Hand mit mehr Kraft, als sie erwartet hatte.

„Niemals darfst du darüber reden und wenn jemand fragt, sag einfach gar nichts! Sonst bringen sie uns auseinander." Das Stechen, welches bis ins Handgelenk zog und ihre spontanen Schmerzenstränen waren der Beweis dafür, dass Matt auf sie hören würde. Sie hielt es aus.

Der Regen war unerbittlich. Trotzdem war die halbe Stadt auf dem Friedhof versammelt. Matt stand zwischen Bill und Charlene und sah sich um. So viele Leute auf einmal hatte er noch nie zuvor gesehen. Alle hatten dunkle Schirme aufgespannt. Es sah aus wie ein großes dunkles Zelt.

Charlene hatte ihm erklärt, dass seine Mum heute beerdigt werden würde und man sie dabei in einem Sarg in die Erde lasse. Sie hatte ihm aber auch erklärt, dass seine Mum nun im Himmel sei und von dort immer auf ihn aufpassen würde.

Matt überlegte die ganze Zeit, wie das zusammenpassen könne. Wie konnte seine Mum gleichzeitig in der Erde und im Himmel sein? Es erschloss sich ihm nicht. Der Pastor redete sehr viel, aber davon verstand er auch nichts. Alle um ihn herum weinten. Da er die meisten Leute gar nicht kannte, blieb ihm auch das ein Rätsel. Sogar Charlene und Bill weinten. Deshalb hielt er sie auch an den Händen. Damit er sie ein wenig trösten konnte. Immerhin durfte er jetzt bei ihnen wohnen. Aber dass er seine Mum nun nie wieder sehen sollte, machte ihn auch traurig.

Doch dann geschah etwas Interessantes. Maria und ein junger Mann stellten sich auf und hatten Musikinstrumente dabei. Maria eine Gitarre und der Mann eine Mundharmonika. Sie spielten ein sehr schönes Lied. Es handelte von einem Mondfluss, einem Träumemacher und zwei Twistern und man konnte ganz viel von der Welt sehen. Wirklich verstehen konnte er das Lied nicht, aber es war das schönste Lied, das er jemals gehört hatte. Während Maria sang, fiel ihm zwischen den Leuten auf der anderen Seite des Sarges eine Frau auf. Bei dieser Kälte und dem Regen trug sie jedoch nur ein dünnes Sommerkleid, ohne dass sie zu frieren schien. Es war das gleiche Kleid, das seine Mum manchmal angezogen hatte. Die Frau hatte auch keinen Schirm und trotzdem wurden ihre Haare nicht nass. Um sich schauend, als ob sie jemanden suchen würde, blieb ihr Blick schließlich auf ihm ruhen. Einen Zeigefinger auf den Mund legend und blinzelnd, lächelte sie ihn an. Jetzt erkannte er sie! Charlene hatte recht, sie war noch immer da und passte auf ihn auf. Aber nicht im Himmel und nicht unter der Erde. Sondern hier. Direkt bei ihm. Sie würde immer in seiner Nähe sein. Matt war sichtlich erleichtert über diese Erkenntnis und lächelte. Am Grab seiner Mutter.

Nachdem die Zeremonie zu Ende war, wollte er unbedingt zu Maria und ihr sagen, wie schön er das Lied gefunden hatte und wenn sie ihn ließe, wollte er gerne die Gitarre anfassen. Er zog an Charlenes Hand und rannte mit ihr zu Maria. Als er bei ihr war, sah er, dass Maria auch ganz schrecklich weinte und fragte: „Warum weinst du denn?"

Maria sah ihn an und schluchzte: „Weil du nicht weinst."

Nimmt dieses Drama denn niemals ein Ende?, dachte Bill, als er den Hörer auf die Gabel legte. Rebecca war zwei Wochen tot. Vor einer Woche war ihre Beerdigung gewesen. Tom hatte diese zwei Wochen im Gefängniskrankenhaus verbracht. Nun hatte das Gefängnis angerufen und gebeten, ihn wieder nach Riverside bringen zu dürfen, da man nach wie vor massive Probleme mit der Überfüllung hätte. Bill gefiel das überhaupt nicht. Das FBI hatte ihm die Geschichte von seinem Ausraster am Tatort abgekauft. Er hoffte, es würde nun langsam Ruhe einkehren. Eventuell wollten sie ihn aber mit dieser Aktion aus der Reserve locken, weil Tom vielleicht überzeugender gewesen war als er und sie nun doch Zweifel an seiner Version hatten. Er musste vorsichtig sein und heute Abend noch einmal dringend mit Charlene reden. Glücklicherweise hatten sie es geschafft, Matt in dieser kurzen Zeit davon zu überzeugen, dass sein Vater seine Mum umgebracht hatte. Sie versuchten, Abend für Abend und mit wechselndem Erfolg mit ihm zu reden. Bill wusste aus Erzählungen von Gefängniswärtern, wie Gefangene, die immer wieder ihre Unschuld beteuerten, nach einiger Zeit selbst davon überzeugt waren, nichts getan zu haben und das, obwohl es in manchen Fällen unwiderlegbare Beweise gab. Er glaubte, dass es bei Matt ähnlich funktionieren könnte. Dass sie ihm so die

Erinnerung an den Tod seiner Mutter nehmen oder wenigstens ändern konnten. Sie schienen Erfolg zu haben.

Am nächsten Tag war Tom schon in der Zelle der Polizeistation, als Bill zur Arbeit kam. Er hatte seine Deputies gebeten, ihn bei Toms Versorgung außen vor zu lassen, da er zu sehr in den Fall verstrickt sei und ein unangenehmes Zusammentreffen vermeiden wolle. Er saß an diesem Morgen noch nicht richtig auf seinen Stuhl, da klopfte es schon an der Tür. Eine junge Frau trat ein und stellte sich als Dr. Kira Schultz vor. Sie war die Kriminalpsychologin aus dem Gefängnis und wollte sich über Tom unterhalten.

„Meinen Sie nicht, dass ich dafür der falsche Ansprechpartner bin?", fragte Bill. „Meine Frau und ich kümmern uns um seinen Sohn und waren mit Rebecca befreundet. Ich bin vielleicht etwas zu voreingenommen."

„Eben deswegen möchte ich mit Ihnen sprechen."

„Na dann legen Sie mal los."

„Ich mag es direkt und möchte Ihnen sagen, dass ich an der Richtigkeit des Berichtes vom FBI zweifle."

„Was haben die denn Ihrer Meinung nach falsch gemacht?"

„Nichts. Ich habe oft mit Tom gesprochen und ehrlich gesagt, ich glaube ihm, was er sagt."

„Was sagt er denn?"

„Er sagt, Zitat: 'Der Junge und der Sheriff waren es.' Ich weiß, das klingt verrückt. Ich habe wirklich sehr viel mit ihm geredet und kann auch beim besten Willen keinen Ansatz der Lüge bei ihm entdecken."

Bill machte große Augen, während sie sprach. Ihm blieb der Mund offen stehen. Nach ein paar Sekunden hatte er sich gefangen und rang nach Worten. „Wie bitteschön soll ich mit einem Kind zusammen dessen Mutter töten, während diese von ihrem Mann oral vergewaltigt wird?"

„Betrunkenen Mann", warf sie ein.

„Macht es für Sie einen Unterschied, ob er betrunken war?"

„Ich denke schon."

„Ich denke, es hätte einen Unterschied gemacht, wenn der Junge betrunken gewesen wäre. Kein Kind in dieser Stadt wird seine Mutter jemals so lieben, wie es dieser Junge noch immer tut. Ich würde mein Leben dafür geben, die beiden wieder zusammen zu bringen. Sie kannten Rebecca nicht. Sie war das liebreizendste Wesen, das ich in meinem Leben kennenlernen durfte. Auf diesen Satz wäre nicht einmal meine Frau eifersüchtig."

„Bestimmt ist das so. Aber irgendetwas stimmt hier nicht."

Bill wurde wütend und laut: „Was hier nicht stimmt, könnte ich Ihnen zeigen. Aber es wäre gegen das Gesetz. Denn es handelt sich um eine ärztliche Diagnose, welche mir und Matts Schulleiter übergeben wurde, nachdem Matt die Treppe heruntergefallen sein soll. Der Arzt war in Sorge, Matt könnte zu Hause misshandelt worden sein. Nur haben Tom und Rebecca an der Version mit dem Treppensturz festgehalten. Deshalb ist diese Diagnose nicht Bestandteil einer offiziellen Anzeige und darf nicht verwendet werden. Wenn wir beide gegen das Gesetz verstoßen wollen, könnte ich ihnen zeigen, was so ein kleiner Körper alles aushält, ohne zu sterben."

„Tom sagte, er hätte das Messer nie in der Hand gehabt", bohrte sie weiter.

„Was wollen Sie eigentlich?"

„Ganz einfach. Gerechtigkeit."

Bill war kurz davor, zu explodieren. Er musste aufpassen, nicht etwas Falsches zu sagen, und brüllte Dr. Schultz an: „Oh! Gerechtigkeit. Lassen Sie uns Ihre Gerechtigkeit mal anschauen. Ein kleiner Junge sieht offenbar dabei zu, wie sein Vater seine Mutter in den Mund ... Nein, in den Hals fickt. Wahrscheinlich hat er auch gesehen, wie sein Daddy im Suff dabei mit einem Messer hantierte, um sie zu zwingen, diese Tortur über sich ergehen zu lassen und dann in einem Anfall von Wahnsinn auf sie einzustechen. Dämlich und besoffen, wie er war, hat er sich dabei selbst verletzt. Wir werden nie erfahren, was wirklich geschehen ist, denn der Kleine redet seither kaum noch. Sie kommen daher und setzen sich für dieses Schwein ein, damit er auf freien Fuß kommt und sein Sohn in Zukunft öfter mal die Treppe herunterfallen kann und hey, vielleicht beginnt unser lieber Tom ja auch, noch mehr Gefallen an seinem Sohn zu finden. Der Kleine hat ja auch einen recht hübschen Hals." Bill kramte in seinem Schreibtisch, während er redete, und warf Dr. Schultz den Bericht von Matts Arzt und Rebeccas Obduktionsbericht auf den Schreibtisch. „Das sollten Sie mal sorgfältig lesen. Eventuell finden Sie es doch besser, wenn der Junge in einer Pflegefamilie eine Chance bekommt und sein Vater den Rest seines Lebens nicht mehr in die Nähe von Frauen und Kindern darf. Vielleicht sollten Sie mal ein Date mit Tom haben. Er ist bestimmt eine gute Partie. Allein die Anzahl der frischen und alten Narben auf Rebeccas Körper, die von Verbrennungen durch Zigaretten stammen, sucht ihresgleichen."

„Ich kenne den Obduktionsbericht."

„Was machen Sie dann hier?"

„Die Wahrheit suchen."

„Die Wahrheit", sagte er ruhig und leise, während er sein Gesicht in seine Hände legte und den Kopf schüttelte. „Ganz ehrlich? Ich glaube, die will ich gar nicht wissen. Was ich weiß, ist eigentlich schon viel zu viel. Ich kann seit zwei Wochen an nichts anderes mehr denken. Alles was ich will, ist vergessen. Ich will einfach nicht mehr daran denken müssen."

„Warum wollen Sie vergessen?"

„So langsam glaube ich, Sie kennen diesen Fall nicht wirklich. Hören Sie mir überhaupt zu?" Bill kramte wieder in seinem Schreibtisch. Er legte die Tatortfotos auf den Tisch und suchte die Fotos von Rebecca heraus, um sie Dr. Schultz unter die Nase zu reiben. Bill musste sich anstrengen, nicht zu weinen, und stotterte: „Ich habe sie geliebt, wir alle haben sie geliebt und wir konnten sie nicht beschützen."

„Und nun wollen Sie den Jungen beschützen?"

„Natürlich will ich das! Was soll falsch daran sein?"

„Grundsätzlich nichts." Sie spürte, auf der richtigen Spur zu sein.

Es klopfte hektisch an der Tür und Paul sah herein. „Bill, komm mal raus. Matt ist da."

Matt hätte eigentlich in der Schule sein sollen, aber Bill war froh, ihn gerade jetzt hier zu haben. Er war sich nicht sicher, wie lange er dieser penetranten Frau noch etwas entgegenzusetzen hatte. „Bring ihn einfach zu uns. Ich könnte mir vorstellen, Dr. Schultz möchte ihn kennenlernen. Ich rufe auch gleich die Schule und Charlene an. Sie holt ihn dann ab." Bill hoffte auf Matts besondere Ausstrahlung, um Dr. Schultz zu beeinflussen. Er nahm den Hörer ab und rief die Schule an.

Noch während des Telefonats kam Matt zur Tür hinein, rannte zu Bill und hielt sich an dessen Bein fest.

„Warum bist du denn nicht in der Schule?"

Als Antwort klammerte sich Matt nur noch fester an ihn.

„Matt, ich möchte dir Dr. Kira Schultz vorstellen. Sie möchte mit uns über deine Mum und deinen Dad sprechen." Er klopfte ihm dabei sehr deutlich auf den Rücken, ohne dass Dr. Schultz es mitbekam.

Matt verstand das Zeichen sofort. Er kletterte auf Bill, umarmte ihn und vergrub sein Gesicht an Bills Hals.

Bill sah Dr. Schultz vielsagend und auffordernd an. Matt, sein unerwarteter Trumpf, funktionierte. Sie hatte diesen verliebten Blick in den Augen. Bei allen Frauen erwachte der Mutterinstinkt, wenn sie Matt sahen und dabei daran dachten, was er in seinem kurzen Leben schon alles hatte durchmachen müssen.

Getöse war von draußen zu hören. Tom hatte sich aus irgendwelchen Gründen aufgeregt und flippte gerade in seiner Zelle aus. Matt erkannte die Stimme seines Vaters sofort, zuckte zusammen und sah Bill mit blanker Angst in seinen Augen an.

Dr. Schultz ließ sich die Gelegenheit nicht entgehen und beobachtete die beiden sehr genau.

Bill bemerkte das und versuchte, das Beste aus dieser Situation zu machen. „Er ist eingesperrt und kann niemandem etwas tun", sagte er zu Matt. „Außerdem bin ich da und beschütze dich." Doch Matt sah ihn an und schien sich zu verändern. Bill traute seinen Augen nicht. Es war fast unmerklich, aber von einem Moment zum nächsten hielt er ein anderes Kind auf dem Schoß. Die Beobachterin auf der anderen Seite des Tisches fiel ihm zu spät ein, um seinen überraschten Gesichtsausdruck zu verbergen.

Dr. Schultz hatte es schon längst entdeckt und war auch von der Veränderung des Jungens erstaunt.

Matt stieg von Bill herunter und nahm seine Hand, um ihm vom Stuhl wegzuziehen. Tom tobte noch immer, während Matt mit Bill an der Hand zur Tür ging.

Dr. Schultz sah ihn fragend an. Er konnte aber nur noch ahnungslos mit den Schultern in ihre Richtung zucken.

Matt ging hinaus und in Richtung des Lärms. Als Bill verstand, welchen Weg der Junge eingeschlagen hatte, sagte er: „Matt, das ist keine gute Idee."

Der entgegnete nur: „Eingesperrt." Und zog Bill weiter an der Hand. Dr. Schultz kam hinterher.

An der Tür zu den Zellen ließ Matt Bills Hand los und griff nach der Klinke. Er öffnete die Tür, drehte sich um und hob die Hände, um Bill und Dr. Schultz zu zeigen, dass sie stehen bleiben sollten, und er allein gehen wollte.

„Matt!", versuchte Bill sehr deutlich zu intervenieren, aber er bekam wieder nur „Eingesperrt" zur Antwort.

Dr. Schultz legte eine Hand auf Bills Schulter und flüsterte: „Lassen Sie ihn, wir sind doch gleich hier."

Matt ging hinein und blieb vor Toms Zelle stehen.

Der drehte nun richtig auf und schrie Matt an: „Du kleiner Dreckscheißer, wegen dir soll ich in den Bau wandern. Ich schwöre dir, du verschissenes Kind, wenn ich wieder draußen bin, dann bist du fällig!"

Matt stand vor der Zelle und sah ihn an. Keine Angst war in seinen Augen. Er schien zu warten, bis Tom sich beruhigen würde. Irgendwann fing er an zu reden: „Tom", versuchte er ihn mit ganz ruhigem Ton zu unterbrechen. „Tom - Tom, sieh mich an! - Tom!"

Tom beruhigte sich augenblicklich und schaute Matt direkt an. Aber er sah nicht Matt. Es kam ihm vor, als stünde Rebecca vor ihm. Matt besaß ihre Augen und irgendwie schien er mit ihrer Stimme zu reden.

„Wer ... - Was bist du?", fragte er fast ängstlich.

Bill hatte eine Hand an seine Waffe gelegt, nahm sie nun aber wieder weg und schloss das Holster.

Dr. Schultz sah aus, als hätte sie gerade eine Erscheinung. Was geschah mit dem Jungen? Sollte er eine Identitätsstörung haben? Wenn ja, so war das in der Tat ein sehr extremer Fall.

„Du weißt, wer ich bin", sagte Matt.

„Nein, das ist nicht möglich!"

„Doch, Tom."

Tom sprang an das Gitter und schrie: „Ihr wollt mich doch alle nur verarschen! Wo ist der Sheriff? Dieses Arschloch hat dir das doch alles eingeredet. Hört ihr mich da draußen? Ich will, dass Dr. Schultz kommt! Hört ihr mich?"

Matt redete ganz ruhig weiter: „Tom, es ist vorbei."

Tom fiel auf die Knie und fing tatsächlich an zu weinen. „Nein, nein, nein."

„Hör mir zu, Tom! Du kannst uns nicht mehr wehtun. Du kannst uns nie wieder wehtun. Mein Herz hat mich befreit und du hast keine Macht mehr über ihn. Mein Herz hat mich befreit. Ich passe nun auf ihn auf und du wirst für immer aus seinem Leben verschwinden."

„Das ist nicht möglich", schluchzte Tom.

Matts Beine gaben nach. Er knickte ein, konnte sich aber fangen und hockte nun vor den Gittern. Er schaute auf und sah Tom. Erschrocken starrte er ihn an, geriet schon in Panik und suchte den Ausgang. Sprang auf, rannte zur Tür zurück und umschlang zitternd Bills Beine.

Nachdem Charlene da gewesen war, um Matt abzuholen und um mit Bill einige sehr besorgte Blicke zu tauschen, saß der wieder mit seiner Besucherin an seinem Schreibtisch.

Dr. Schultz reimte sich indes die wahren Geschehnisse zusammen. Tom war tatsächlich nicht für Rebeccas Tod verantwortlich. Ursächlich vielleicht, aber nicht final und ganz offensichtlich musste der Sheriff den Tatort verändert haben. Es widerstrebte ihr zu lügen und jemanden zu Unrecht zu bestrafen. Es widerstrebte ihr aber auch, Tom, wenn er einen guten Anwalt bekäme, straflos davonkommen zu lassen. Ihr wurde klar, dass Matt sich seine neue Familie bereits ausgesucht hatte, und gerade eben hatte er, mit nur einem einzigen Blick, ihr Herz erobert. Sie hätte mit ihm kein wirklich professionelles Gespräch mehr führen können, wenn sie Tom unterstützen würde. Sie kämpfte mit sich. Ihr Kopf prangerte das Unrecht gegen Tom an, aber ihr Herz wollte ihn büßen lassen und Matt beschützen. Außerdem war ihre berufliche Neugier geweckt. Dieser Junge war für sie über die Maßen interessant.

So saßen sie sich eine ganze Weile schweigend gegenüber, bis Dr. Schultz die Stille durchbrach: „Sheriff, ich glaube, wir verstehen nun einander. Denken Sie wirklich, irgendjemand hätte den Jungen dafür belangt oder gar eingesperrt? Er hatte doch keine Ahnung davon, was er da tat. Und glauben Sie wirklich, man hätte ihn Toms Obhut überlassen?"

Wieder herrschte mehrere Minuten bedrückendes Schweigen. Bill hoffte nur noch auf ein Wunder. Alle anderen Optionen waren verspielt. Und dann er hörte sie tatsächlich sagen: „Sheriff, können Sie mir garantieren, dass es nicht der größte Fehler meines Lebens sein wird, wenn ich einfach wieder gehe?"

Er sah sie an und versteckte seine zitternden Hände unter dem Tisch. „Garantien gibt es nie, aber nutzbare Chancen."

„Dann müssen Sie mir versprechen, mich regelmäßig mit dem Jungen zu besuchen und dass sie sofort zu mir kommen, wenn sich diese Nummer von eben verselbständigt. Das kann wirklich sehr gefährlich werden!"

Bill sprang auf, hielt ihr seine zitternde und verschwitzte Hand entgegen und sagte: „Versprochen!"

Vergangenheit und Zukunft

2016

Dreiundvierzig zählte Matt im Kopf und begann mit der nächsten Bahn. Alles, was er hörte, war das Wasser, das seinen Kopf umströmte und die ausgeatmeten Luftblasen, deren Geräusch beruhigend, fast meditativ auf ihn wirkte und ihn perfekt abschalten ließ. Am Ende der Bahn musste er stoppen und wurde aus seinem Flow gerissen, weil sich jemand an den Beckenrand gesetzt hatte und dessen Beine ihn nun bei der Wende störten. Er schaute aus dem Wasser und sah Kim. Gerade noch etwas sauer über die Störung besserte sich seine Laune schlagartig und er lächelte sie an.

„Na! Störe ich?"

„Nicht wirklich. Ich habe mein Minimum an Bahnen schon hinter mir." Er streckte sich aus dem Wasser, um ihr einen Kuss zu geben.

Sein ganzes Leben schien sich verändert zu haben, seit er aus dem Krankenhaus gekommen war. Er verstand sich mit Kim ohne Worte. Mit Stacey war es nie so gewesen. Eigentlich hatten sie damals einfach nur ihr gemeinsames Aufwachsen fortgesetzt. Natürlich hatte er sie geliebt. Aber nicht ein Moment mit Stacey war auch nur ansatzweise mit dem zu vergleichen, was er gerade mit Kim erlebte. Wenn er es sachlich betrachtete, war sein Leben nach Staceys Tod sogar besser geworden. Eine Erklärung dafür hatte er nicht und es war ihm zuwider, sich diese Tatsache einzugestehen. Er hatte seitdem auch keine seiner Wanderungen mehr unternommen.

Kim ließ sich vom Beckenrand ins Wasser gleiten und legte ihre Arme um seinen Hals. Sie musste in die Knie gehen, damit ihre Augen auf gleicher Höhe waren. In Matts Augen zu schauen, löste jedes Mal aufs Neue einen warmen Schauer in ihrem Körper aus und sie versank in ihnen, als ob es darin eine andere Welt zu entdecken gäbe. Niemals hätte sie gedacht, jemandem zu begegnen, für den sie so viel empfinden würde und der es ganz offensichtlich in gleichem Maße erwiderte. Schon gar nicht hier. In Riverside. Am Arsch der Welt.

„Ich habe heute etwas mit dir vor und es wird dir leider keinen Spaß machen", holte er sie auf den Boden der Tatsachen zurück. Er klang dabei so ernst, dass Kims Lächeln, welches sie schon als Antwort aufsetzen wollte, wieder in sich zusammenfiel.

„Was gibt es denn so Ernstes?"

„Das möchte ich dir noch nicht sagen, aber ich finde, es muss sein, und wir müssen dafür in mein Büro gehen."

Kim war ein wenig verunsichert. Zumindest schien es etwas mit der Arbeit zu tun zu haben. Also konnte es eigentlich nicht allzu schlimm werden.

Paul und Evan hatten sich wieder einmal für die 24-Stunden-Wochenendschicht eingetragen und genossen die Langeweile vor dem Fernseher in der Wachstube und sahen Baseball. Allen anderen war es recht so. Auf diese Weise hatten sie mehr vom Wochenende und die beiden hatten ihren Willen.

Sie begrüßten die beiden kurz, um gleich darauf im Büro zu verschwinden.

Matt bat Kim, auf seinem Stuhl hinter den Schreibtisch Platz zu nehmen, denn es gäbe einiges zu lesen.

Langsam dämmerte ihr, was er vorhatte. Eigentlich wollte sie gar nichts über seine Vergangenheit wissen, schon gar nichts über seine tragische Kindheit. Es war klar, dass sie sich dem eines Tages hätte stellen müssen. Aber erst später. Der Zeitpunkt schien ihr doch sehr früh. Es musste Matt schon sehr ernst mit ihr sein. „Ich bin gespannt", sagte sie und versuchte, dabei so locker wie möglich zu klingen. In groben Zügen war sie von Maria und Beth schon vorbereitet worden. Wenn auch eher unfreiwillig.

Matt ging an einen Wand-Safe, holte einen Stapel Akten heraus und setzte sich damit vor den Schreibtisch, ohne die Akten aus der Hand zu legen.

„Das ist aber ein ziemlicher Berg", resignierte Kim und hatte immer weniger Interesse daran zu erfahren, was alles darin stand. Maria hatte gesagt, dass er es im Leben nicht immer leicht gehabt hätte. Aber solch ein Berg? Sie fragte sich, ob Matt es überhaupt einen Tag in seinem Leben leicht hatte.

„Was nun kommt, tut mir wirklich leid", sagte Matt, „aber ich möchte, dass du wirklich alles über mich weißt. Du musst sie nicht genau durchlesen. Streng genommen darfst du sie auch gar nicht lesen. Es sind FBI-Akten, die ich eigentlich gar nicht haben dürfte. Wir hatten hier schon immer einen guten Draht zum Büro in Clearwater und zu Agent Dunham."

„Dann mal her mit der schmutzigen Vergangenheit! Wo fangen wir an?", versuchte sie ein letztes Mal die Stimmung zu heben.

„Ich würde sagen, dabei, dass du dir immer vor Augen führst, dass ich wohlbehalten vor dir sitze und du gerade dabei bist, zum wichtigsten Menschen in meinem Leben zu werden. Wenn ich ehrlich bin, habe ich Angst um dich.

Menschen scheinen in meiner Nähe zu sterben und ich weiß nicht warum."

Sie versuchte, ihn anzulächeln. Es gelang ihr nur mäßig, denn jetzt fürchtete sie sich wirklich vor dem, was ihr diese Akten offenbaren würden. *Menschen sterben in seiner Nähe?*

Matt fing bei der ältesten Akte an. Dem Bericht des Arztes über seine Misshandlung und der Akte über den Tod seiner Mutter. Kim verzichtete darauf, sich die Tatortfotos anzusehen. Was sie lesen musste, war schon schrecklicher, als sie es von dem kompletten Stapel überhaupt erwartet hätte.

Irgendwie war Matt auch an eine FBI-Akte aus San Diego gekommen oder zumindest an eine schlechte Kopie davon. Erst war er offensichtlich das Opfer eines Serienvergewaltigers und später Verdächtiger in einem Mordfall gewesen. Man ging davon aus, dass er sich an seinem Peiniger gerächt haben könnte. Aber die zeitliche Nähe der beiden Taten, Matts massive Verletzungen und die schiere Menge an K.o.-Tropfen in seinem Blut hatten das FBI davon überzeugt, dass er zum Zeitpunkt des Mordes nicht einmal ansatzweise dazu in der Lage gewesen sein konnte, einen Mord zu begehen. Schon gar nicht diesen Mord. Das Gesicht des Opfers war bis zur Unkenntlichkeit zerschlagen, seine Genitalien waren ihm förmlich herausgerissen worden. Am Ende war das Opfer ins Meer geschleift worden und sein Zelt angezündet, um Spuren zu verwischen. Der Mörder hatte man bislang nicht ermitteln können.

Kim sah während des Lesens ständig zu Matt. Sie konnte nicht fassen, was sie da alles lesen musste. Sie wollte nicht glauben, dass ihm solche Dinge widerfahren waren und er sogar eines Mordes verdächtigt worden war.

Matt versorgte sie und sich in der Zwischenzeit regelmäßig mit Kaffee und war sich mittlerweile nicht mehr sicher, ob es eine gute Idee gewesen war, Kim mit seiner Vergangenheit zu belasten. Immerhin hatte er auch noch etwas anderes für sie. Innerlich hoffte er, ihren Tag damit wieder etwas retten zu können.

Kim war froh, als sie merkte, den größten Teil des Stapels beiseitelegen zu können, da auch sämtliche Akten der anderen Opfer des Vergewaltigers dabei lagen. Eiskalt fuhr es ihr über den Rücken, als sie den Namen auf der letzten verbliebenen Akte las. *Stacey Crawley.* Der Schauder wurde noch schlimmer, als sie lesen musste, dass Matt auch hier verdächtigt worden war. Stacey war, regelrecht abgeschlachtet, in einem Motel in Clearwater aufgefunden worden. Matt hatte kein Alibi. Was ihn bei diesem Mord entlastete, waren Spermaspuren in Mund und Vagina von Stacey, die man ihm nicht hatte zuordnen können. Stacey hatte sich allem Anschein nach heimlich mit einem anderen Mann getroffen, der sich möglicherweise als ihr Mörder entpuppen sollte. Diesen Mann hatte man allerdings auch nie ermitteln können.

Kim sah von den Akten auf und in ihrem Kopf begannen sich Gedanken einer Achterbahnfahrt gleich zu überschlagen und zu drehen: *Zwei offene Mordfälle. Er ist der Hauptverdächtige. Und ich liebe ihn! Diese Hölle seiner Kindheit. Matt, verdammt! Da gehen doch selbst bei dir die Alarmglocken an! Wer bist du? Was bist du? Ein Mörder? Ein Opfer? Verdammt, ich liebe dich! Kann in diesem Scheißleben nicht einmal etwas funktionieren!? Was schaut er denn jetzt so? Er liebt mich. Glaube ich. Oder nicht? Bin ich in Gefahr? Sucht er geschickt nach seinem nächsten Opfer? Warum redet nie jemand über ihn? Seine Vergangenheit, seine Kindheit. Oh man, ich dreh durch. Beth! Was weiß du? Was wissen die anderen? Weiß überhaupt irgendjemand irgendetwas? Scheiße, Matt! Ich liebe dich! Tu mir das nicht an! Hast du das jemals jemandem gezeigt? Bin ich tatsächlich die Erste, die das liest? Matt bitte! Ich liebe dich! - Beth! Bitte! Gib mir die richtige Antwort! Beth!*

„Ich brauche frische Luft. Allein. Ich komme zurück, versprochen!", sagte sie sehr viel ernster, als sie wollte und ging.

Matt saß auf seinem Stuhl und wusste nicht, was er denken sollte. Hatte er gerade alles zerstört? Er wollte sich ihr komplett öffnen, damit sie wirklich alles von ihm wissen würde. Natürlich waren das nicht die üblichen Geschichten. Sozusagen hatte er tatsächlich einige Leichen im Keller. Vielleicht war das gerade einfach zu viel für Kim gewesen. Sie hatte versprochen zurückzukommen. Aber was würde dann sein? Es wäre verständlich, wenn sie fluchtartig die Stadt verlassen würde. Nur war das das Letzte, was er wollte. Er liebte sie. Mehr als irgendjemanden sonst in seinem Leben. Sogar mehr als die Erinnerung an seine Mum. Er wollte Kim auf gar keinen Fall wieder verlieren. In seiner Jacke war noch das Blatt Papier, das alles wieder zum Guten hätte wenden sollen. Er nahm es in die Hand, las seine Worte und fand sie auf einmal gar nicht mehr so passend.

Kim war vor der Wache angekommen und fing an zu rennen. Zwei Straßen weiter hielt sie an, kramte nach ihrem Telefon und wählte.

„Kim? Was ist los? Es ist fast Mitternacht!", meldete sich Beth.

„Beth, hör mir zu und gib mir, ohne zu überlegen, nur eine kurze Antwort! Versprich mir, dass du nicht zögern wirst!"

„Klar, Süße! Du klingst aufgeregt, was ist passiert? Ich mache mir Sorgen!"

„Matt hat mir Akten gezeigt. Vom Tod seiner Mutter, von einem toten Vergewaltiger und vom Tod seiner Frau. Weißt du, ob er das außer mir jemals jemand anderem gezeigt hat?"

„Was für ein Vergewaltiger? Ach scheiße, ich sollte nicht zögern! Nein, Süße, hat er nicht! Da bin ich mir sicher. Was ist da los bei euch? Soll ich kommen?"

„Nein, brauchst du nicht. Deine Antwort reicht mir schon. Sprich bitte mit niemandem darüber! Danke und entschuldige die Störung!" Ohne auf ein weiteres Wort von Beth zu warten, legte sie auf.

Die Tür des Büros öffnete sich. Die Wucht, mit der die Informationen über Matts Vergangenheit auf Kim eingeschlagen waren, stand ihr ins Gesicht geschrieben.

Und Matt, der saß zusammengesunken auf dem Stuhl und fürchtete sich vor dem, was nun kommen könnte.

Keiner traute sich, etwas zu sagen.

Kim erinnerte sich an die Nerven, die sie lassen musste, bis sie endlich mit ihm zusammengekommen war. Das wollte sie auf keinen Fall noch einmal durchmachen. Deshalb fragte sie, so ernst sie nur irgendwie konnte: „Ist das alles oder kommt irgendwann noch etwas dazu? Wenn ja, will ich es jetzt wissen!"

Mit dieser Ernsthaftigkeit in ihren Worten hatte Matt nicht gerechnet. Völlig verunsichert und mit zitternden Händen legte er das Blatt Papier zur Seite und stammelte: „Was meine Vergangenheit angeht, war das alles. Was meine Zukunft angeht, habe ich hier noch etwas, aber ich glaube mittlerweile, es könnte eher dämlich und absolut unpassend sein."

„Was ist das denn?" Kims Tonfall wurde ein wenig weicher.

„Nichts eigentlich. Es kam mir in den Sinn und es ist zutreffend, aber auch eher kitschig."

„Hast du mir etwas geschrieben?"

„Ja." Matt wurde immer verlegener und kam sich vor wie ein Schuljunge vor seinem ersten Kuss.

„Darf ich es lesen?"

„Ja. Und nein. Aber es ist ja für dich und vielleicht ist es auch einfach nur scheiße."

Kim setzte sich auf seinen Schoß, küsste ihn auf die Stirn und stibitzte sich dabei das Blatt Papier vom Schreibtisch, hielt es in der einen Hand und mit der anderen fuhr sie ihm durch die Haare.

„Nicht laut lesen, bitte", flüsterte Matt.

„Okay", flüsterte sie zurück und las:

Wenn die Zauberin kommt,
wird mein Mond mir wieder scheinen.
Das kalte Licht wird plötzlich warm.
Mehr als die Sonne werd ich meinen.

Und wenn sie spricht, die Zauberin,
wird alles sofort wieder gut.
Wut und Frust und Angst und Ärger.
Und heller scheinen wird meine Glut.

Und was die Zauberin berührt,
das wird durchströmt von tiefem Frieden.
Unsagbar lange möchte ich
in ihren Armen liegen.

Und wenn sie geht, die Zauberin,
so bleibt ihr Zauber lang bei mir.
Ihr Schweif so hell, so warm, so weich.
Auf dass ich nie, nie wieder frier'.

Die Worte fuhren ihr wie warme Schokoladensoße von den Augen über den Rücken in ihr Herz und füllten sie schließlich gänzlich aus. „Danke! Aber ich mache doch gar nichts."

„Du machst so viel mehr, als dir bewusst ist."

Kim wachte in ihrem Zimmer auf. Die Uhr der Kirche schlug elf Mal. Sie lag auf dem Rücken und fühlte sich wie neu geboren. Matts Kopf lag auf ihrem nackten Oberkörper, eine Hand hielt eine ihrer Brüste umschlungen. Er schien noch zu schlafen. Kim bewegte sich nicht. Ihre Gedanken kreisten um die Akten. Matt kam ihr so klein vor. Nicht körperlich. Er schien tief im Innern eine sehr verletzte Seele zu haben. Sie mochte es, wie er unbewusst an ihrer Brust Schutz zu suchen schien. Einen größeren Liebes- und Vertrauensbeweis hätte er ihr gar nicht geben können. Sie liebte ihn und sie wollte ihn glücklich machen. Also legte sie eine Hand auf seinen Kopf und küsste sein Haar, damit er, falls er doch wach war, wüsste, dass es völlig in Ordnung war, was er da gerade tat. Er regte sich ein wenig, sein Griff wurde für einen Moment fester, bevor seine Hand ihre Brust freigab und sich weiche Lippen stattdessen auf ihrer Haut schlossen. Nachdem er sich wieder entspannt hatte, schloss sich seine Hand und er lag auf ihr wie zuvor. Kims Herz schlug kräftiger. Wärme stieg in ihr auf. Eigentlich wollte sie Matt diesen Moment auskosten lassen. Es schien ihm gutzutun. Doch Kims Pläne änderten sich gerade.

Es war erst ein paar Stunden her, dass sie in dieses Bett gefallen und Sex gehabt hatten, als gäbe es kein Morgen. Sie war nicht überrascht, dass es auch hierbei ohne Worte zwischen ihnen passte. Irgendwie schien alles zu passen und irgendwie fühlte sich alles an, als wäre es schon immer so gewesen. Als wären sie schon Jahre zusammen.

Ihre Hände glitten seinen Rücken hinab und schoben seine Hüfte zwischen ihre Beine. Sie griff nach seinem Hintern und bewegte ihn näher zu sich. Ihre Blicke trafen sich und Kim fiel in diese endlose Tiefe seiner Augen, während sie anfingen, sich zu bewegen, bis sich die Wärme wie ein Beben in ihr ausbreitete und Matt zitternd auf ihr zusammensank.

Abermals erschöpft hielten sie sich fest. Die Blicke vom Rausch des Liebesspiels völlig benebelt bedurfte keiner Worte mehr. Sie wussten, dass es Liebe war, und dass sie es beide fühlten.

Die Wanderung

2004

Die Tage des Sommers begannen spürbar kürzer zu werden und in Riverside wartete man auf den Herbstregen, der den Fluss wieder anschwellen lassen würde.

Matt setzte seinen Rucksack auf und ging los. Nach ein paar Schritten drehte er sich um und winkte Charlene. Sie war wie immer die Einzige, die sich von ihm verabschiedete, wenn er auf Wanderung ging. Jedes Mal hatte sie Angst, dass er nicht wiederkommen könnte. Matt ging in die Berge. So sehr es ihn auch schon viele Wochen drängte, der Sommer war zu heiß gewesen, um allein zu wandern. Das machte er nun schon viele Jahre in unregelmäßigen Abständen. Angefangen hatte es, nachdem er aus San Diego zurückgekommen war. Ein paar Wochen nach dem Vorfall hielt er es nicht mehr zu Hause aus und sagte, er müsse eine Weile allein und für sich sein. Kurz entschlossen hatte er sich eine Wanderausrüstung zugelegt und war ein paar Tage verschwunden.

Stacey nutzte die „Eheferien", wie sie es nannte, um sich mit alten Schulkameraden in Clearwater zu treffen. Sie beide wohnten mittlerweile bei Bill und Charlene im Haus. Es war groß genug, damit sich die beiden Paare nicht gegenseitig auf die Nerven gingen. Matt gehörte zwar noch sein Elternhaus, aber darin leben konnte er nicht. Zu viel Schlimmes war dort passiert. Er hatte es aber auch nie über sein Herz gebracht, es zu verkaufen. Die wenigen Erinnerungen, die er noch an seine Mutter hatte, waren mit dem Haus verwoben. Ab und an ging er hin, um nach dem Rechten zu sehen und ein paar notwendige Reparaturen vorzunehmen.

Für Stacey war das Haus nur ein Klotz am Bein. Ginge es nach ihr, wäre es schon längst verkauft worden. „Was willst du denn noch mit dieser alten Bruchbude?", fragte sie ihn regelmäßig und mit zunehmender Häufigkeit, seit sie verheiratet waren.

Er hatte mehrmals versucht, es ihr zu erklären, aber sentimentale Erinnerungen an eine Tote waren für Stacey kein Grund, sich nebenbei noch um ein verlassenes Haus zu kümmern.

Sein Elternhaus war immer sein erstes Ziel auf jeder Wanderung. Ging man durch den Wald, war man in einer halben Stunde da. Manchmal verbrachte er die erste oder die letzte Nacht dort. Das erzählte er aber niemandem.

Genauso wie er niemals jemandem von seinen Blackouts im Wald erzählte, die ihn bei jeder Wanderung heimsuchten. Manchmal war es nur einer, manchmal kamen sie jede Nacht. Aber wenn sie vorbei waren, ging es ihm besser, und er konnte wieder nach Hause gehen. Diese Blackouts waren auch der einzige Grund für seine Wanderungen. Er wusste genau, wann es Zeit war, sich in die Berge aufzumachen, und welches der letzte Blackout war. Dieses Mal wurde es allerhöchste Zeit. Er hatte die Wanderung wegen des heißen Wetters immer wieder verschieben müssen und schon Panik bekommen, dass es zu Hause passieren könnte. Denn was ihm die größten Sorgen bereitete, war die zerstörte Umgebung nach seinen Blackouts. Meistens waren in einigem Umkreis um seinen Lagerplatz kleine Bäume umgeknickt oder Äste abgerissen. Einmal musste er mit bloßen Händen ein Loch gegraben haben. Am schlimmsten jedoch war der Morgen, an dem er völlig blutverschmiert aufwachte und vor seinem Zelt ein totes Reh fand. Er hatte es offensichtlich erschlagen und ihm etliche Knochen gebrochen. Matt hatte keine Zweifel daran, dass er für all das verantwortlich war. Aber eine Erklärung dafür hatte er nicht.

Er war am Haus angekommen und entschied sich, dortzubleiben. Die ersten drei Stufen zur Veranda waren immer die schwersten. Alle möglichen Gefühle kamen dabei wieder hoch. Die Liebe zu seiner Mum, die Trauer über ihren Tod, die Angst vor seinem Vater und die Wut auf ihn.

Seinen Tod hatte er nur als Randnotiz wahrgenommen. Tom hatte sich im Gefängnis wohl mit den falschen Leuten angelegt und war eines Morgens erstochen in seiner Zelle aufgefunden worden.

Hatte Matt die Veranda hinter sich gelassen und war im Haus, wurde es meist besser. Er betrat das Haus und lief andächtig durch die Räume, streichelte Wände, während er an ihnen entlang ging. Er legte sich in sein altes, mittlerweile viel zu kleines Bett und erinnerte sich an die Nächte, die er hier mit seiner Mum verbracht hatte. Wie sehr wünschte er sie sich zurück. Sein Schmerz über den Verlust war fast körperlich. Auch nach all der Zeit. Es quälte ihn beinahe jeden Tag. Alles, was er noch hatte, waren verschwommene Erinnerungen an eine wunderschöne und liebevolle Frau. Und hier in diesem Haus konnte er sich am besten an sie erinnern. Am intensivsten waren seine Erinnerungen im Schuppen hinter dem Haus. Irgendetwas musste hier geschehen sein, an das er sich nicht mehr erinnern konnte. Hier schien sie ihm so nahe wie sonst nirgends. Er hatte den Schuppen schon komplett auf den

Kopf gestellt in der Hoffnung, etwas zu finden. Aber außer den üblichen Gartenwerkzeugen und einigem alten Kram gab es nichts. Auch dieses Mal saß er im Schuppen und zermarterte sich den Kopf, wo er noch suchen könnte. Später am Abend legte er sich in das Bett seiner Mum und versuchte ihren Duft einzufangen. Und wie jedes Mal überkam ihn die Trauer, doch nur den Geruch einer alten modrigen Matratze wahrzunehmen.

Der nächste Tag war angebrochen. Matt packte beim ersten Sonnenstrahl seine Sachen und ging weiter in die Berge.

Seine Gedanken waren heute bei Stacey. Bei den Erinnerungen, die er an ihre gemeinsame Kindheit hatte. Wie sie gemeinsam spielten, im Sommer im Fluss badeten und im Herbst von der Brücke aus beobachteten, wie er anschwoll und riesige Wassermassen ins Tal beförderte. Er erinnerte sich, wie aus dieser Freundschaft langsam Zuneigung und Liebe entstanden war. Zunächst jedoch nur von seiner Seite. Stacey war das einzige Mädchen, das er näher gekannt hatte und mit dem er zusammen sein wollte.

Charlene hingegen hatte ihm regelmäßig andere Mädchen vorgestellt und schien stets etwas enttäuscht zu sein, wenn er doch wieder zu Stacey zurückging. Sie war eine intelligente Frau. Matt hatte inzwischen begriffen, warum sie ständig versucht hatte, ihm andere Frauen schmackhaft zu machen. Sie hatte wohl nicht im Detail gewusst, wie es inzwischen in der Beziehung zu Stacey aussah, aber offensichtlich besaß sie ein Gespür dafür, dass sie vielleicht doch nicht die Richtige für ihn war.

Matt hatte sich schon immer um Stacey bemüht. Bereits in der Grundschule wollte er sie küssen und mit ihr Händchen halten. Stacey hatte sich immer geniert. Später als Teenager interessierte sie sich mehr für andere Jungs, war aber trotzdem ständig bei den Smiths zu Hause. Für Matt war ihre stete Anwesenheit der Beweis, dass sie eigentlich doch nur ihn wollte und sich nur nicht traute.

Matt hatte nun schon einige Meilen zurückgelegt. Erst folgte er dem Fluss stromaufwärts, um später nach Osten abzubiegen. Bei jeder Wanderung versuchte er, einen anderen Weg zu nehmen und niemals am selben Platz sein Lager aufzuschlagen. Inzwischen kannte er sich so gut in den Wäldern aus wie sonst niemand.

Während einer Rast auf einer kleinen Aue dachte er wieder an Stacey. Es waren trübe Gedanken, denn er war schon seit Jahren nicht mehr glücklich mit ihr. Egal was er tat, nie war sie zufrieden. Wenn er sie doch einmal zufriedenstellen konnte, so war es nie von Dauer. Im Gegenzug schien sie ihn und seine Wünsche völlig zu ignorieren. Alles was er wollte, war ein kleines, bescheidenes und glückliches Leben, in dem die Liebe zueinander im Vordergrund stand. Alles, was Stacey anzustreben schien, war die Anhäufung von mehr oder weniger nützlichen Dingen und eine entsprechend wichtige Wirkung auf andere Menschen. Regelmäßig kaufte sie irgendetwas Neues, machte Verkaufspartys und fuhr alle zwei Wochen nach Clearwater zum Friseur und zur Kosmetik, inklusive Maniküre und Pediküre. Ständig hatte sie davon gesprochen, dass Matt einmal Sheriff sein würde. Es schien, als wäre ihr wichtigstes Ziel, sich einmal 'Frau des Sheriffs' nennen zu können. Als es so weit war, nahm sie es wie eine Selbstverständlichkeit hin.

Sie war nicht immer so gewesen. Jedenfalls ein paar Monate nicht.

Matt lief noch einige Meilen und suchte sich seinen Lagerplatz mit viel Bedacht aus. Später als das Zelt aufgebaut war und in der kleinen Feuerstelle ein paar trockene Äste brannten, bekam er Angst. Irgendetwas war diesmal anders. Er konnte es spüren und fürchtete sich vor der kommenden Nacht. Die Sonne stand schon tief und bald würde es dämmern. Was würde am nächsten Morgen sein? Würde er wieder nur kleine Bäume abbrechen oder wieder ein totes Tier in der Nähe liegen? Mit gemischten Gefühlen löschte er ein paar Stunden später das Feuer und legte sich ins Zelt.

Abermals dachte er an Stacey. Er wollte sie am liebsten bei sich haben. Hier im Schlafsack, ungeschminkt, nackt, zärtlich und frei von all diesen Dingen, die ihr wichtiger waren als die Körperlichkeit zwischen ihr und ihm. Er sehnte sich nach ihrem Körper, ihren Brüsten. Sie war ihm so nah wie sonst niemand und doch unerreichbar fern, wenn er sie einfach nur lieben wollte. Er wollte sie so, wie sie gewesen war, nachdem sie irgendwann richtig zusammengekommen waren und daraufhin sehr schnell geheiratet hatten. Sie waren glücklich gewesen und es hatte nichts außer ihrer Liebe gegeben.

Selbst Charlene schien erstaunt darüber, wie sehr sich die Dinge geändert hatten, seit sie ein Paar waren. Sie gestand sich ein, sich geirrt zu haben.

Nur hielt es nicht sehr lange an. Sie waren noch kein Jahr zusammen und gerade einmal zwei Monate verheiratet, als sich Stacey veränderte. Sie schien ihn herumkommandieren zu wollen und reagierte regelmäßig gereizt. Egal um was es ging, immer gab sie erst Ruhe, nachdem sie ihre Meinung durchgesetzt hatte. Körperlich lief schon lange nichts mehr zwischen ihnen. Matt hatte sich mehrere Jahre bemüht, ihr Liebesleben am Laufen zu halten. Anfänglich hatte er noch Erfolg und konnte sie ab und an mit stundenlangen Zärtlichkeiten dazu bringen, mit ihm zu schlafen. Aber auch das war irgendwann zwecklos geworden. Diese innige Zusammenkunft zweier Liebenden war doch eigentlich das, was Liebe von Freundschaft unterschied. Die geheimsten Gefühle und Freuden miteinander zu teilen und zu erleben war doch das Schönste, was man im Leben tun konnte. Warum also wollte sie es nicht mehr? Warum? Er kam sich vor wie ein Bettler, der ständig nur abgewiesen wurde, den aber die Reste aus den Mülltonnen geradeso am Leben hielten. Das machte ihn fertig und verletzte ihn zutiefst. Eines Tages hatte er beschlossen, dass es ihm ab sofort auch egal sein musste. Er ignorierte sie fortan in gleichem Maße wie sie ihn. Anders hätte er es nicht länger ausgehalten.

Kurz bevor er einschlief, überlegte er noch, warum sie ihn vor ein paar Tagen wegen des Hotels angelogen haben könnte. Sie übernachtete immer in demselben Hotel, wenn sie sich mit ihren Klassenkameraden traf. Sie sagte, sie würde auch dieses Mal dort übernachten. Matt hatte aber zufällig eine E-Mail mit einer Buchungsbestätigung für ein Motel gesehen, als er eines Abends am PC neben ihr gestanden hatte. Die Buchung war für die heutige Nacht.

Der nächste Morgen war eigenartig. Er fühlte sich besser. Ganz so als hätte er seinen Blackout schon gehabt. Aber als er aus dem Zelt kam, gab es keine Anzeichen von Zerstörung. Allerdings war es schon Nachmittag. Warum hatte er so lange geschlafen? Matt suchte die ganze Umgebung ab. Nichts! Auch keine Fußspuren, an denen er hätte ablesen können, ob er irgendwo hingegangen war. Er hatte wohl tatsächlich einfach nur sehr lange geschlafen. Fast nichts hätte ihn glücklicher machen können. Es schien als seien seine Blackouts vorbei. Endgültig.

Er musste sichergehen und beschloss, noch eine Nacht hier zu verbringen, zwei Tage weiter zu wandern und sich dabei langsam wieder Riverside zu nähern. Die letzte Nacht seiner letzten Wanderung wollte er in seinem Elternhaus verbringen, sodass er am Morgen nur noch durch das Waldstück nach Hause laufen bräuchte.

Auch in den folgenden Nächten geschah nichts. Er fühlte sich nach wie vor gut und schien sich bestätigt, dass seine Blackouts ein für alle Mal der Vergangenheit angehörten. Vielleicht hatte Stacey ihm deshalb immer die kalte Schulter gezeigt. Vielleicht hatte sie unbewusst diese versteckte Gewalt in ihm gespürt und konnte es nur nicht deuten. Vielleicht würde nun alles wieder besser werden und sie würden sich endlich wieder näherkommen. Er konnte es kaum erwarten, nach Hause zu kommen und Stacey befreit anzulächeln.

Nachdem Matt um die letzte Biegung aus dem Wald gekommen war und auf sein Zuhause zuging, sah er Bills Streifenwagen vor dem Haus parken. Daneben stand ein Wagen vom FBI aus Clearwater.

Tagebücher

2016

José versuchte, ein paar Tränen zu unterdrücken. Er hatte sich schon so sehr an Kim gewöhnt und an das Geld, das sie ihm jede Woche gab. Er half trotzdem, ihre Kartons in die Autos zu laden. Nicht, dass es notwendig gewesen wäre. Es waren mehr helfende Menschen als Kartons da. Möbel gab es nicht, die sie bei ihrem Auszug hätte mitnehmen müssen. Kim besaß lediglich einen Karton mit Büchern, einen mit CDs, einen mit alten Kindheitserinnerungen und zwei Kartons und zwei Koffer voller Wäsche.

„Das ist der einfachste Umzug, bei dem ich jemals geholfen habe", sagte Beth zu Maria, während diese lauthals und teils auf Spanisch Matt, José und Till Befehle zu bellte. Maria, Beth und Kim saßen an einem Tisch im Frühstücksraum der Pension und beobachteten amüsiert, wie die drei Männer in wenigen Minuten die Autos beluden.

José hatte im Moment nur zwei Wünsche: Kim sollte bleiben und er wollte eine Zigarette rauchen.

Till trug auch ein paar Sachen. Er war aber nur dabei, weil er sich irgendwie nützlich machen wollte und weil Maria ein großartiges Frühstück für alle gezaubert hatte.

Matt hingegen war das alles egal. Er war nur noch von dem Gedanken beseelt, dass diese wundervolle Frau, die er so sehr liebte, heute bei ihm einziehen würde. Es war eine Woche vor Weihnachten. Ihm kam es vor, als würden alle Wünsche, die er jemals gehabt hatte, mit einem Mal in Erfüllung gehen.

Maria beobachtete ihn sehr genau und überlegte, wann sie Matt zum letzten Mal so gesehen hatte. Er war noch ein kleiner Junge gewesen und seine Mutter lebte noch. Sie waren damals Hand in Hand durch die Stadt gegangen. Matt hatte für nichts anderes Augen als für seine Mum gehabt. Sie war froh, ihn wieder so sehen zu können, und hoffte, dass er nun endlich mit seiner traurigen Vergangenheit abschließen könnte.

Auch Beth hatte diese Veränderung bei Matt bemerkt und Kim machte auf sie einen ebenso glücklichen Eindruck.

Beth und Maria saßen sich gegenüber, machten zufriedene Gesichter und schauten sich vielsagend an.

Nur eine Stunde später waren alle Kartons und Koffer wieder ausgeladen. Kim hatte sich gerade bei allen wortreich bedankt und verabschiedet. Nun stand sie vor dem Haus, welches ganz offensichtlich ihre Zukunft sein sollte. Man konnte ihm ansehen, dass Charlene schon seit sieben Jahren tot war und seitdem zwei Männer hier allein gelebt hatten. Es war zwar ordentlich und gepflegt, aber es fehlte an Blumen in den Fenstern und ein paar neue Gardinen waren vielleicht auch nicht das Schlechteste. Matt stand in der Tür und wartete auf sie. Sie sah auf das Haus, auf Matt, dachte an die Zukunft, die sie hier erwarten würde, und fand nirgendwo einen Fehler. Das alles war viel zu schön, um wahr zu sein. Sie hatte in den letzten Wochen schon einige Tage und Nächte hier verbracht. Sie kannte das Haus, aber als sie jetzt die Stufen hinaufstieg, war es anders. Es war endgültig. Positiv endgültig. Sie nahm Matt in den Arm, küsste ihn und sagte: „Das ist ein ziemlich großes Haus. So langsam wird mir klar, warum du glaubtest, mich noch zu brauchen. Alle Kartons und Koffer sind schon drinnen und rennen uns nicht weg. Die paar Teile können warten. Das ist morgen im Handumdrehen ausgepackt. Den Rest des Tages möchte ich mit dir in unserem gemeinsamen Zuhause genießen." Sie löste die Umarmung, nahm seine Hand, blinzelte ihn an und zog ihn hinein.

Matt schob gerade eine selbstgemachte Pizza in den Ofen.

„Wo können denn meine Bücher hin?", rief Kim aus dem Flur in die Küche.

„In Bills altem Arbeitszimmer ist noch Platz. Meine sind auch da", antwortete er. Er hörte, wie Sie durch das Haus ging. Dann wurde es still. Nachdem er die Pizza ein paar Minuten beim Heißwerden beobachtet hatte, beschloss er, nach Kim zu sehen. Er fand sie in Bills altem Lesesessel sitzend und in einem Buch blätternd.

Sie klappte das Buch zu und las den Titel: „'Zeitreisen und wie sie gelingen' von Robert Hawk. Ist das deines? Glaubst du daran?"

„Nein, ich glaube nicht an Zeitreisen, aber als ich dieses Buch eines Tages in den Händen hielt, musste ich es haben. Die Idee, Geschehenes ungeschehen machen zu können, ist schon sehr verlockend, aber leider unmöglich", antwortete er, während er eines ihrer Bücher aus dem Karton nahm und den Titel vorlas: „'Seelenstaub', ist das ein handgeschriebenes Manuskript?"

„Ist es. Ich habe es auf einem Flohmarkt gefunden. Eine schöne Geschichte über einen jungen Schmied und ein Mädchen, die in alle Ewigkeit zusammen sein wollen."

„Schaffen sie es?"

„Erstmal nicht. Sie sterben."

„Und dann klappt es doch noch?"

„Irgendwie schon. Du kannst es lesen." Sie schaute sich um. „Was haben denn Bill und Charlene so gelesen?"

„Charlene hat eigentlich nur Liebesromane gelesen. In Bills Ecke findest du Fachliteratur über Psychologie und das Profilen von Serienmördern und Psychopathen. Dafür hatte er ein Faible."

„Liebesromane? Na, ich bin gespannt", sagte sie, stand auf und ging zu dem Regal, auf das Matt gedeutet hatte, als er von Charlenes Büchern gesprochen hatte.

Kim trug lediglich Socken, eine Unterhose und ein Shirt, welches nur sehr knapp ihren Po bedeckte. Matt sah sie an und konnte noch immer nicht fassen, dass da schlicht und wunderschön seine Zukunft vor ihm stand, bis ihn der Wecker des Backofens aus seinem Tagtraum riss.

Nach dem Essen gingen sie wieder in das Arbeitszimmer, um Kims restliche Bücher einzuräumen. Auf dem Boden sitzend und gemeinsam in Büchern stöbernd sah Kim immer wieder zu Charlenes Regal. Es erinnerte sie an ihr eigenes Bücherregal, das sie gehabt hatte, als sie noch bei ihren Eltern gewohnt hatte. Schon bald fand sie, wonach sie suchte und zeigte darauf: „Die da, die kenne ich. Das sind keine Bücher. Jedenfalls nicht solche wie du denkst." Sie stand auf und zog eines heraus. „Solche hatte ich auch mal. Ich habe sie aber verbrannt, bevor ich hierherkam."

„Wieso verbrennst du Bücher?"

„Sieh selbst!"

Sie gab es Matt und er schlug es auf. Es war ein Tagebuch, getarnt als billiger Roman, der in einem Regal kaum auffiel. Er sah auf die Daten der Einträge und bemerkte, dass Charlene sehr regelmäßig Tagebuch geführt haben musste. Er schlug es wieder zu. „Das darf ich nicht lesen."

„Warum denn nicht? Vielleicht ist es ja für dich."

„Das hier beginnt bei ihrer Hochzeit 1959. Ich glaube nicht, dass es für mich ist."

„Aber weder Charlene noch Bill haben sie weggenommen. Vielleicht sind spätere Passagen für dich."

„Ich weiß nicht. Ich denke darüber nach. Wieso hast du deine Tagebücher verbrannt?"

„Ich wollte alles restlos hinter mir lassen und mich nie wieder zurückerinnern müssen. Alles sollte besser werden und das ist es auch!" Sie sah ihn verliebt an, hockte sich auf seinen Schoß, warf ihn nach hinten um und küsste ihn.

Es war Neujahr. Kim, Beth, Matt und Till hatten den Dienst in der Silvesternacht gehabt. Ein richtiger Dienst war es eigentlich nicht gewesen. Alle vier hatten den Jahreswechsel im Mic´s verbracht. Der Notruf war auf Matts Handy umgeleitet, sie waren in Uniform und tranken praktisch nur Kaffee. Die Idee war vor einigen Jahren von Mic gekommen. Da über Jahrzehnte hinweg die einzigen Einsätze in den Silvesternächten ausschließlich seine Bar betrafen und man mit moderner Technik den Notruf am Mann haben konnte, lud er die Polizei direkt zu sich ein. Auf diese Weise hatte es nun seit fünf Jahren keinen einzigen Einsatz mehr in einer Silvesternacht gegeben. Paul und Evan hatten sich wie immer für den langweiligen Dienst an Neujahr gemeldet. Sie saßen nun wahrscheinlich wieder vorm Fernseher und freuten sich über die Ruhe.

Kim wachte auf und vermisste Matt. Eigentlich lag er morgens immer irgendwie an ihr, ob schon wach oder noch schlafend. Sie hatte sich schon so sehr daran gewöhnt, seine Haut beim Aufwachen spüren zu können, dass es ihr nicht in den Sinn kam, es könnte jemals wieder anders sein. Sie streckte ihre Hand aus und suchte ihn klopfend auf der anderen Betthälfte. Kaum hatte sie damit begonnen, hob sich ihre Decke und er kam zu ihr. Nie wieder wollte sie auf dieses Gefühl beim Aufwachen verzichten, wenn sein wärmender Körper sich an ihren Rücken schmiegte und sein Arm sie festhielt.

„Bist du schon lange wach?", fragte sie, ohne die Augen zu öffnen.

„Ein wenig. Ich habe gelesen."

„Was denn?"

„Charlenes Tagebuch."

„Das ist gut! Möchtest du mir davon erzählen?"

„Ich habe gerade erst angefangen. Bislang liebt sie Bill und will ihn heiraten."

„Das klingt nach einem guten Anfang!" Kim fing an, sich zu bewegen, um so viel wie möglich von seiner Wärme und Nähe spüren zu können.

Der Fluss war in diesem Herbst und Winter sehr ruhig und gnädig gewesen. Einhellig hielt sich in Riverside die Meinung, dass er mit der Aktion um den Jungen und Matt genug Unheil für die nächsten Jahre angerichtet hätte. Niemand hatte etwas gegen eine längere Atempause.

Matt und Kim besuchten Maria an ihrer Tankstelle, um ein bisschen zu plaudern. Zumindest glaubten das Kim und Maria. Matt trank eine Weile still seinen Kaffee, bevor er den wahren Grund des Besuches offenbaren wollte. Er hatte es sich neben Kim auf der Rückbank bequem gemacht und ließ die beiden Frauen reden. Genauer gesagt ließen sie

Maria reden. Sie saß wie immer auf dem V8-Tisch, statt auf einem der Fahrersitze, genoss ihren Besuch und redete wie ein Wasserfall.

Irgendwann unterbrach er sie: „Maria, wir müssen reden."

Augenblicklich legte sich eine beklemmende Stille über die eben noch gesellige Runde. Maria wurde kreidebleich. Bevor sie sich sammeln und etwas sagen konnte, fügte Matt hinzu: „Keine Angst, Maria! Ich bin in Bills Fußstapfen getreten und da bleibe ich auch."

Marias Gesichtszüge entspannten sich, nur Kim verstand nichts und fragte: „Leute, was ist hier los?"

„Wir sind hier, weil ich keine Geheimnisse vor dir haben will."

„Was habt ihr beiden denn?"

„Ich glaube, Maria ist es gerade lieber, nichts zu sagen. Deshalb werde ich mal erzählen, was ich herausgefunden habe."

„Maria, was ist hier los?"

„Lass ihn reden Schätzchen und genieße die Zeit, mich sprachlos zu erleben. Ich bin gleich wieder da. Ich denke, es ist besser, wenn wir ungestört sind. Ich werde den Laden so lange schließen."

Kim sah ihr hinterher und dann zu Matt. Er lächelte sie an und sagte, dass alles gut sei und auch alles gut bleiben würde.

Nachdem Maria wiederkam und sich diesmal auf einen der Vordersitze setzte, erzählte Matt, was er in Charlenes Tagebüchern gefunden hatte:

Charlene und Bill hatten Ende 1974 mit dem Auto eine große Rundreise durch die USA gemacht. Die Weihnachtstage verbrachten sie in einem Hotel in El Paso.

Bei einem Spaziergang am Weihnachtsmorgen entdeckten sie zwei mexikanische Jugendliche, die sich zwischen ein paar Mülltonnen versteckten. Sie gaben ihnen Essen und Trinken. Charlene konnte ein paar Brocken Spanisch und fand heraus, dass die beiden illegal und allein ins Land gekommen waren und nun gemeinsam versuchten, irgendwie durchzukommen. Ihre Eltern waren bei einer Fehde zwischen zwei Banden getötet worden. Um sich vor diesen Banden zu schützen, waren sie in die USA geflohen. Sie hatten sich schon einige Tage in El Paso versteckt. Doch langsam war der Hunger größer geworden als die Angst, entdeckt zu werden. Die beiden hießen Maria und José. Charlene hatte ihrem Tagebuch eine ganze Seite gewidmet, um festzuhalten, dass man Maria und Josef am Weihnachtsmorgen nicht den Behörden übergeben dürfe, damit man sie wieder zurück ins Ungewisse schicken würde. So begann eine kleine Odyssee, bis die vier ihren Weg nach Riverside hinter sich gebracht hatten. Anfangs hatten sie die Kinder in ihrem Hotelzimmer versteckt und mit Lebensmitteln und Kleidung versorgt. Recht schnell reifte die Idee, die beiden mit nach Riverside zu nehmen. Immerhin handelte es sich um Maria und Josef. Später auf der Heimfahrt kamen sie zu allem Überfluss in eine Polizeikontrolle. Bill hatte sich als Sheriff zu erkennen gegeben und seinen texanischen Kollegen eine Geschichte von davongelaufenen Kindern erzählt, die sich nach einigen Diebstählen in Riverside wieder nach Mexiko absetzen wollten. Nun hätten sie ihm den Urlaub versaut. Außerdem mache seine Frau ihm seit Tagen die Hölle heiß, weil er immer nur an die Arbeit denken würde. Später in Riverside hatte sich Bill wochenlang darum gekümmert, seine

Beziehungen spielen zu lassen, um auf ziemlich gesetzlosen Wegen gültige Papiere für die beiden zu beschaffen.

Für einige Minuten herrschte Stille in der Tankstelle.

Matt unterbrach das Schweigen: „Maria, du musst dir keine Sorgen machen. Niemand außer Kim wird jemals davon erfahren. Ich habe trotzdem noch ein paar Fragen an dich."

„Was möchtest du denn noch wissen? Du hast alles gesagt, was es zu dieser Geschichte zu sagen gibt."

„Es geht auch nicht um diese Geschichte. Ich hoffe, du kannst mir bei etwas anderem helfen. Charlene, Rosie und Bill sind leider tot und du bist die Einzige, die sich vielleicht noch an ein paar Dinge von damals erinnert. Es fehlen nämlich einige Seiten in Charlenes Tagebüchern."

Maria überlegte einen Moment. „Es kann nichts mit mir zu tun haben. Alles andere über mich weiß die ganze Stadt."

„Das ist eigenartig. Was kann denn schlimmer sein, als zwei illegale Einwanderer zu beschützen und mit Papieren zu versorgen? Gerade wenn man Sheriff ist."

„Wie viele Seiten fehlen denn?", fragte Kim.

„Einige. Eine Seite fehlt ein paar Monate nach Marias und Josés Ankunft in Riverside und sehr viele um den Tod meiner Mutter herum. Eigentlich alle, auf denen etwas über den Tod meiner Mutter stehen könnte."

„Das ist aber eigenartig", sagte Maria. „Hast du denn etwas über deine Mum und dich in Rosies Laden gefunden?"

„Nein, was war denn da?"

„Ich ...", Maria stutzte. Eigentlich wollte sie Matt gerade erzählen, dass seine Mum in Rosies Laden einen Zusammenbruch erlitten hatte. Einen Moment später fiel ihr wieder ein, dass er der Auslöser gewesen war. Wie viel

Angst sie damals vor diesem kleinen Jungen gehabt hatte, als er sich vor ihren Augen zu verwandeln schien. Sie überlegte, ob sie ihm das alles tatsächlich sagen sollte. Schließlich fehlten die Tagebuchseiten bestimmt nicht grundlos. Jetzt war ihr diese Geschichte wieder so präsent wie damals. „¡Chico! ¡Chico! ¡Envíalo lejos! ¡Envíalo lejos!", hallte das Echo aus längst vergangenen Tagen in ihrem Kopf. Sie entschloss sich dazu, ihm nicht mehr zu erzählen, als er unbedingt hören musste. „Ich war gerade ein paar Monate in der Stadt und konnte kaum ein Wort Englisch. Ich war dabei, als deine Mum in Rosies Laden einen Zusammenbruch hatte. Der Auslöser warst du. Ich glaube, weil du einen Schokoriegel wolltest und einen ziemlichen Aufstand deswegen gemacht hast. Es war im Grunde nicht schlimmer als bei anderen Kindern, aber deine Mum war mit der Situation ziemlich überfordert. An mehr kann ich mich nicht erinnern. Und über den Tod deiner Mum weißt du von uns allen wahrscheinlich am besten Bescheid."

„Das wird wohl so sein", sagte Matt. „Ich hoffe, es war dir nicht unangenehm, dass ich dich mit alledem so überfallen habe."

Maria schaute ihre Gäste mit ganz verliebten Augen an. „Alles ist gut, mein Lieber! Ich freue mich so sehr für euch beiden, dass alles andere völlig egal ist."

Matt lächelte ein wenig gequält. Er wollte Antworten und nun hatte er nur noch mehr Fragen. Was war in Rosies Laden passiert? Was war so schlimm daran gewesen, dass Charlene oder Bill die Seite aus dem Tagebuch reißen mussten?

Kim bemerkte seinen nachdenklichen Gesichtsausdruck und wollte nicht, dass er sich über die Vergangenheit so viele Sorgen machte. Sie legte ihren Kopf auf seine Schulter und küsste ihn auf den Hals.

Auch Maria gefiel nicht, dass Matt in den alten Sachen zu kramen schien. Er sollte doch lieber sein neues Leben mit Kim genießen. „Wir kennen uns nun schon so lange. Höre bitte auf meinen Rat und lass die Vergangenheit ruhen. Schau dir diese schöne Frau da neben dir an und genieße dein Leben."

„Wahrscheinlich hast du recht", sagte er sehr nachdenklich. „Bestimmt ist es besser so. Bestimmt."

Bruce

1994

„Matt, Matt, Matt, das war zu leicht! Wo bleibt denn da die Spannung? Wieso trinkst du die Flasche fast in einem Zug aus? Weißt du eigentlich, was das Zeug kostet? Du bist so ein Idiot, Matt."

Er wuchtete den Körper auf die Ladefläche seines Pick-up-Trucks und schloss die Heckklappe. Eine Zigarette rauchend und mit jeder Menge Vorfreude in den Augen fuhr er zu seinem Zelt, welches er nahezu perfekt in einer anderen Bucht versteckt hatte. Dort angekommen kletterte er auf die Ladefläche und gab dem leblos wirkenden Körper einen derben Tritt, um zu prüfen, ob sein Opfer reagieren würde. Nichts regte sich. Mit einem zufriedenen Gesicht sprang er vom Pick-up, packte einen Fuß und zog daran. Der Körper schlug hart auf dem Boden auf und machte dabei ein Geräusch wie eine fallengelassene Melone auf Asphalt. „Du liegst verkehrt herum. Kannst du bitte einmal etwas richtig machen? Jetzt warte hier brav bis ich wiederkomme!"

Er stieg wieder in den Pick-up, um ihn irgendwo zu parken und zu Fuß zurückzukommen. Zwanzig Minuten später stand er wieder vor dem Körper und wurde sauer. „Du hättest dich wenigstens umdrehen können! Es ist deine Schuld, wenn du dir das Gesicht kaputt machst, während ich dir den Weg zeige." Er hob die Beine seines Opfers an und schleifte es ungeachtet der Steine und Zweige auf dem Weg mit dem Gesicht nach unten zu seinem Zelt. Es war eine anstrengende Arbeit, die ihm sehr viel Kraft abverlangte.

„Hast du sie nicht mehr alle? Wieso machst du dich so schwer? Ich dachte, ich gönne mir heute zum Dessert mal ein kleines Stück Jungfrau und du? Du wiegst eine Tonne! Was für einen beschissenen Sport treibst du eigentlich, bei dem man so klein bleibt, aber so viel wiegt wie drei Mann?" Er hatte wirklich viel Mühe, diesen nicht sehr groß wirkenden Körper zu bewegen.

Am Zelt angekommen war er stinksauer. „Du dämlicher Scheißer! Willst du denn gar keinen Spaß haben? Ich bekomme gleich keinen mehr hoch, weil du dich so schwer gemacht hast und sieh mich gefälligst an, wenn ich mit dir rede!" Der Tritt sollte den Kopf drehen, damit er das Gesicht sehen konnte. Es misslang ihm, woraufhin er noch wütender wurde. Er nahm Anlauf, als wollte er einen Elfmeter schießen, und trat mit so viel Wucht gegen den Schädel, dass dieser sich vom Hals zu lösen drohte. „Nun gut, Matt. Du bist also ein kleiner Widerborst. Dann kommt die erste Runde hier draußen. Bist ein Naturbursche und magst es im Freien, was?" Er drehte den Körper und seine Hände begannen, ihn sorgfältig auszuziehen. „Da siehst du. Ich bin kein Unmensch. Wenn sie dich finden, wirst du immerhin wieder angezogen sein. Man lässt sein Liebchen nicht einfach nackt zu Mum und Dad zurückgehen." Nachdem der Körper entkleidet war, betrachtete er ihn eine Weile. „Tja, Matt, mein Lieber. Es tut mir fast ein wenig leid, aber für dich ist heute nicht mal ein Ständer drin. Ich muss sagen, du bist schon ein Hübscher und machst mich tatsächlich ein wenig an." Die Kleidung legte er sehr ordentlich beiseite, drehte den Körper wieder auf den Bauch und spreizte die Beine. Dann zog er sich selbst aus. „Oh, mein Süßer, du musst keine Angst haben! Ich verspreche dir, ganz bestimmt nicht vorsichtig zu sein." Lachend warf er sich auf den

Körper, als wäre er eine Matratze, rieb sich an ihm und versuchte in ihn einzudringen. „Scheiße, bist du eng! Du machst es mir heute echt nicht leicht." So sehr er sich auch bemühte, es gelang nicht. „Du dummer Wichser! Ich werde langsam richtig sauer!" Auf ihm sitzend schlug er wie wild geworden auf jeden Teil des Körpers ein, welchen er gerade treffen konnte. Es reichte ihm nicht. Er stand auf. Seine Schuhe hatte er angelassen und trat nun wahllos auf den Körper ein. Die Wut kannte kein Ende, bis er sein Opfer etwas sagen hörte. Es klang nach einzelnen Tönen, aber es sollten Worte sein. Erstaunt legte er sein Ohr an den Kopf und lauschte.

„Hommm heeef hmm hoooommmm", verstand er.

„Du willst, dass ich komme? Nun, mein Süßer, ich auch. Aber da du es mir hier so schwer machst, müssen wir beide erst einmal andere Saiten aufziehen." Er ging ins Zelt.

„Hooommm he his hein hooom."

„Natürlich, Schatz. Alles was du sagst. Ich bin gleich bei dir!" Der Eingang des Zeltes öffnete sich. Im schwachen Licht des Mondes schimmerte eine Plastikdose. „Alles ist gut, Süßer. Vor meinem Schwanz hast du erst mal Ruhe. Gleich kommt etwas Besseres. Danach wird dir mein Schwanz wie eine Erlösung vorkommen. Versprochen!" Nachdem er den Anus seines Opfers mit der Vaseline eingerieben hatte, malträtierte er ihn zunächst mit Fingern und dann mit der ganzen Hand. Aber auch das war ihm noch nicht genug. Noch lange nicht genug. Zu sehr hatte sich dieser Penner gewehrt. *Leiden muss er! Leiden!* Nach einer kurzen Pause ging er erneut in das Zelt, kam mit einem großen Schraubenschlüssel zurück und penetrierte ihn damit derart, als wolle er tatsächlich eine Schraube in dem Körper lösen. Mit einem Ruck zog er den

Schraubenschlüssel wieder heraus, um sich nun auf die ursprünglich geplante Weise des Körpers anzunehmen. Er sollte nicht mehr dazu kommen.

Matt fing an, sich klar und deutlich zu artikulieren: „Tom! Hilf ihm! Toommm!"

Erschrocken ließ sein Peiniger von ihm ab, drehte Matts Kopf so, dass er seine Augen sehen konnte. Sie waren geschlossen. In seinem Gesicht gab es keine Anzeichen von Bewusstsein. Nur sein Mund gab die Worte von sich, als würde er im Tiefschlaf reden.

„Oh Mann, du hast mir vielleicht einen Schrecken eingejagt. Ab einer gewissen Menge macht das Zeug offensichtlich echt komische Sachen. Nun ja, so viel wie du hatte noch nie einer getrunken."

„Tom! Er ist dein Sohn! Du musst ihm helfen!"

„Nun, mein Kleiner, hier ist kein Tom. Hier bin nur ich und ich werde dir gleich helfen. Das kannst du mir glauben."

„Tom! Bitte! Tom! Nur dieses eine Mal!"

„Halt doch einfach deine Fresse! Ich glaube, ich habe hier etwas sehr Leckeres, womit ich sie dir stopfen kann." Er kniete sich vor ihn und nahm dabei Matts Kopf zwischen seine Beine.

Weiter kam er nicht. Der Körper bewegte sich schlagartig und packte seine Hoden mit einem Griff, der eine rohe Kartoffel zerquetscht hätte. Er schrie auf, wollte hochspringen, fiel aber hin, lag auf dem Rücken und spürte, wie ein Knie die Last eines Menschen auf seinem Hals ablegte. „Matt", war das Einzige, was er noch sagen konnte, bevor er keine Luft mehr bekam.

„Matt geht es nicht gut. Er ist zurück im Hotel", hörte er und das Knie ließ ihm kurz Luft. „Was?!", war sein letztes Wort. Ein Schlag traf ihn mit solcher Härte, dass sein

Unterkiefer brach und sich Zähne in seine Zunge bohrten. Ein weiterer Schlag brach ihm ohne Mühe das Nasenbein. Kein weiteres Wort fiel. Ein Schlag nach dem anderen fand sein Ziel und mit jedem wurde ein weiterer Knochen in seinem Kopf gebrochen.

Als es aufhörte, konnte er sich nicht mehr bewegen. Sein Kopf kam ihm deformiert vor. Unmengen von Blut schienen in seinen Rachen zu fließen. Dann kam wieder dieser Griff zwischen seine Beine. Er wollte schreien, aber seine Verletzungen ließen nicht zu, dass ihm auch nur ein Ton über die Lippen kam. Das Letzte, was er spürte, bevor es dunkel wurde, war dieses unwirkliche Gefühl, als ob ihm jemand die Hoden herausreißen würde.

Dr. K. Schultz

2017

Mathew Crawley. Diesen Namen hatte Kira schon lange nicht mehr gelesen oder gehört. Abigail, ihre Sprechstundenhilfe, musste ihn für den heutigen Tag in den Kalender eingetragen haben. Er hatte sich für zwei Stunden angemeldet, war als erster Patient an diesem Tag eingetragen und sollte in 10 Minuten da sein. Abigail hatte einige Zeit im Keller verbracht, um die alte Akte hervorzuholen. Es war eine von denen, die Kira nicht hatte vernichten lassen. Zu sehr hatte sie dieser Fall damals beschäftigt. Sie erinnerte sich noch genau an ihr erstes Zusammentreffen mit Bill Smith und dem kleinen Mathew. Große Zweifel hatte sie damals, ob der Junge psychisch stabil bleiben würde. Bill hatte sein Versprechen gehalten. Sie trafen sich anfänglich jeden Monat. Zuerst in ihrem Büro im Gefängnis und später hier in ihrer eigenen Praxis. Nach einer Weile reduzierte sie die Besuche. Erst auf vier Mal im Jahr, danach auf zwei Mal. Als Mathew 14 Jahre alt war, gab sie die Suche ganz auf. Die Szene in der Polizeistation, bei der es schien, als wäre Mathews verstorbene Mutter in ihn gefahren, war das einschneidendste Erlebnis in ihrer gesamten Laufbahn als Psychologin. Sie wollte es ein weiteres Mal aus dem Jungen herauskitzeln. Es schien ihr unmöglich, dass dies ein einmaliges Ereignis gewesen sein sollte. Sie blieb jedoch erfolglos. In diesem Fall allerdings war sie sehr froh über ihren Misserfolg, hatte sie den Jungen doch in ihr Herz geschlossen und war dankbar für jede weitere Sitzung, bei der sie nichts fand.

Es klopfte und Mathew trat ein. Gut sah er aus. Er machte einen entspannten und zufriedenen Eindruck auf Kira. Sie ging lächelnd auf ihn zu und streckte ihm die Hand entgegen: „Mathew, wie schön Sie zu sehen! Ich habe das von Bill gehört. Es tut mir ja so leid!"

„Hallo, Kira! Danke! Aber es war eher eine Erlösung für ihn. Ich glaube, es geht ihm nun sehr viel besser."

„Dann ist es wohl gut, so wie es ist. Was führt Sie zu mir? Ich vermute, Bills Tod ist es nicht. Nehmen Sie doch bitte Platz! Möchten Sie einen Kaffee?"

„Sehr gern, danke. Mit Milch bitte."

Nachdem sie hinausgegangen war, sah sich Mathew in dem Zimmer um. Er hatte es als recht spartanisch eingerichtet in Erinnerung. Heute fand er sich in einer modernen und mit allerlei kunstvollen Accessoires ausgestatteten Praxis wieder. Auch Kira hatte er in anderer Erinnerung. Damals war sie eine junge Frau mit blondem Haar und einer dicken schwarzen Brille gewesen. Wegen dieser Brille hatte er immer geglaubt, sie sei Bills Schwester. Die Brille trug sie noch immer genau wie Bill seine Brille gefühlt sein ganzes Leben getragen hatte. Auch war sie um einiges älter geworden, aber trotz ihrer ergrauten Haare und den kleinen Gesichtsfalten immer noch eine ziemlich gutaussehende Frau. Matt nahm eine der Visitenkarten, die vor ihm auf dem Tisch lagen. Als Kira wieder hineinkam und einen Kaffee vor ihm abstellte, las er sie vor und sagte: „Dr. K. Schultz. Das hört sich für mich eher nach einem Zahnarzt im Wilden Westen an."

„Das höre ich in der Tat öfter. Keine Ahnung, woran das liegt. Also Matt, was führt Sie zu mir?"

„Nun, ich hoffe, bei Ihnen ein paar Antworten zu bekommen, da alle anderen, die mir helfen könnten, bereits verstorben sind."

„Auf welche Fragen suchen Sie denn Antworten?"

„Ich fand Charlenes Tagebücher und habe sie gelesen. Allerdings haben sie oder Bill einige Seiten herausgerissen. Es fehlt praktisch alles, was mit dem Tod meiner Mutter zusammenhängen könnte und eine Seite als ich vier Jahre alt war. Zu der Zeit lebte meine Mutter noch und es könnte etwas mit einem Zusammenbruch zu tun haben, den sie in Rosie Newmans Laden hatte."

„Nun, Mathew. Ich denke, einer von den beiden wollte ein paar Dinge einfach für sich behalten und sie mit ins Grab nehmen. Erfolgreich, ganz offensichtlich. Ich bin Ihnen hierbei wohl keine große Hilfe."

„Vielleicht hatte Bill irgendwann einmal etwas erwähnt und Sie haben es in ihren Akten notiert. Ich möchte einfach nur Klarheit haben. Es gibt zu viele Lücken in meinem Leben, die ich gerne auffüllen möchte."

„Es tut mir leid, aber unsere Akten werden nach fünfundzwanzig Jahren vernichtet, da ist wohl nichts mehr zu machen."

Ihr Instinkt war richtig gewesen. In weiser Voraussicht hatte sie Abigail angewiesen, die Akte vor Mathew nicht zu erwähnen. Mathew machte auf sie einen zu ausgeglichenen Eindruck. Den wollte sie auf gar keinen Fall gefährden, indem er in den Akten irgendeinen Hinweis darauf finden würde, wer seine Mutter tatsächlich getötet hatte. „Ich könnte mir vorstellen", fuhr sie fort, „dass weder Charlene noch Bill daran interessiert waren, Ihnen mit zu viel

Informationen über Ihre Kindheit ihr Leben als erwachsener Mann zu erschweren. Sie machen auf mich einen sehr ruhigen und abgeklärten Eindruck. Wenn Sie mich fragen, genießen Sie ihr Leben und machen Sie sich keine Gedanken um die Vergangenheit. Die kann man sowieso nicht ändern."

„Das habe ich vor einiger Zeit schon einmal gehört." Matt war ziemlich enttäuscht, aber er hatte sich noch einen Plan zurechtgelegt, falls dieses Gespräch ähnlich verlaufen würde wie das mit Maria. Er hatte Kim von diesem Plan erzählt, woraufhin sie ihn vor einem Besuch bei Dr. Schultz gewarnt hatte. „Und wenn du nur Schmerzen findest und alte Wunden aufreißt, die besser verschlossen geblieben wären?", hatte sie zu bedenken gegeben. Sie hatte nicht versucht, ihm den Besuch auszureden. Sie hatte ihn nur zur Vorsicht gebeten, um ihrer gemeinsamen Zukunft Willen.

Nun saß Matt vor Dr. Schultz und überlegte hin und her. Eine Sache hatte er Kim verschwiegen, aber dafür brauchte er den Rat dieser Psychologin. Sie war der letzte lebende Mensch, der sich noch gut genug an seine Kindheit erinnern konnte, um ihm in dieser Sache Rat zu geben.

„Ich habe nicht ohne Grund zwei Stunden gebucht", sagte er schließlich nach einer relativ langen Pause.

„Nur zu! Ich bin hier! Worum geht es noch?"

„Ich möchte wenigstens Ihre Wissenslücken um mich auffüllen und am Ende möchte ich von Ihnen eine Frage beantwortet haben. Es gibt einiges zu berichten."

„Na, da bin ich aber gespannt, was in den letzten dreißig Jahren so passiert ist." Kira bot ihm an, in der Sitzecke Platz zu nehmen. Da sei es entspannter als am Schreibtisch.

Nachdem sie sich gesetzt hatten, nahm Matt noch einen großen Schluck Kaffee, als wolle er sich damit Mut antrinken und fing an zu berichten. Er erzählte ihr einfach alles. Zuerst von seiner Vergewaltigung in San Diego und dass er in Folge dieser, Tatverdächtiger in einem Mordfall gewesen war, seinen Wanderungen, zu denen er danach immer ging und auch von seinen Blackouts.

Bei Kira läuteten sämtliche Alarmglocken. Sollte er tatsächlich eine derart ausgeprägte dissoziative Identitätsstörung haben, bei der neben seiner Mutter nun auch sein Vater zum Vorschein gekommen war? Wieso hatte sie es damals nicht entdecken können? Hatte quasi sein Vater den Vergewaltiger getötet? War das überhaupt möglich, wenn er so schwer verletzt und mit Drogen ruhiggestellt war? Diese Fakten hatten ihn entlastet. Aber in Kira wuchsen die Zweifel. Erst recht, nachdem er ihr erzählt hatte, dass er zu seinem Elternhaus eine Art Hassliebe aufgebaut hatte und nach wie vor schmerzlich seine Mutter vermisste und Angst vor seinem Vater hatte. Sie holte sich eine Flasche Wasser, um sich zu bewegen und damit ihre innere Unruhe zu bekämpfen.

Nachdem Matt von seiner Liebe zu Stacey erzählt hatte, der eher unglücklichen Ehe, die daraus entstand, von Staceys Tod, und dass er auch hier ein Tatverdächtiger gewesen war, bekam Kira Angst. Sie war der letzte lebende Mensch, der berechtigte Zweifel an seiner Unschuld in diesen zwei Mordfällen hervorbringen könnte, und die Beweise lagen in ihrem Schreibtisch. Sie zwang sich zur Ruhe und durfte sich nichts anmerken lassen. Rein theoretisch war es durchaus möglich, dass seine anderen Persönlichkeiten dieses Gespräch genau verfolgten. Die ganze Situation könnte plötzlich umschlagen und sehr gefährlich werden. War Matt am Ende gekommen, um den letzten möglichen Zeugen aus dem Weg zu räumen? Sie holte eine weitere Flasche Wasser und ein Glas für Matt. Es war ein Vorwand, um an ihren Schlüssel zu gelangen, an dem einen kleiner Funksender angebracht war, mit dem sie Abigail ein Signal geben konnte. Da sie noch immer viele Patienten betreute, die sie aus ihrer Zeit als Gefängnispsychologin kannte, hatte sie ihre Sprechstundenhilfe im Umgang mit einer Waffe und in Selbstverteidigung ausbilden lassen. Glücklicherweise war es noch nie notwendig geworden, dass Abigail bei einer Sitzung hätte eingreifen müssen.

Eine Träne rann über Kiras Wange und Matt sah es. „Geht es Ihnen gut?"

Bleib souverän! Bleib gelassen!, ging es ihr in Form einer Dauerschleife durch den Kopf. „Mathew, Ihnen sind so viele schlimme Dinge widerfahren, ich hätte mich viel länger um Sie kümmern sollen. Das tut mir alles so leid."

„Machen sie sich keine Sorgen mehr, das Happy End ist nahe. Gleich wird alles besser."

Wie hat er das denn jetzt gemeint? Ihre Kehle schnürte sich zu, ihr Herzschlag erfüllte ihren ganzen Körper. Vor ihrem inneren Auge sah sie schon, wie er sich gleich auf sie stürzen würde. Sie griff nach dem Schlüssel und hielt ihn mit verschwitzten Fingern fest, während Matt wieder anfing zu erzählen.

Er berichtete, wie er sich nach Staceys Tod nur noch auf die Arbeit konzentriert hatte und auch der Drang nach den Wanderungen seither gänzlich ausgeblieben war. Charlene war der erste Mensch in seinem Leben gewesen, der eines natürlichen Todes starb. Bill fand sie eines Morgens neben sich im Bett. Sie musste einfach und friedlich im Schlaf gestorben sein. Matt trauerte sehr lange um sie, war aber auch froh, dass sie einen normalen und leidlosen Tod erfahren durfte.

Dann berichtete er von Kim und ihrer Liebe zueinander. Dass absolut nichts zwischen ihnen geheim war. Sie lebten zwar zusammen, es fühlte sich jedoch an, als wären sie ein Mensch. Sie waren tatsächlich eins geworden. Eigentlich zu perfekt, um wahr zu sein. Matts ganzes Verhalten und seine Körpersprache änderten sich, sobald er von ihr sprach. Er fing an, kleine Details zu erzählen, um Kira zu verdeutlichen, wie gut es ihm mit Kim ging, und dass sie ganz offensichtlich ebenso fühlte.

Von einer Sekunde auf die nächste machte er auf Kira den Eindruck des glücklichsten Menschen auf diesem Planeten. Sie wusste für einen Moment nicht, was sie denken sollte. Eben noch hatte sie Angst um ihr Leben, einen Augenblick später wurde sie mit purer Lebens- und Liebesfreude überschüttet. Sie musste um jeden Preis professionell bleiben. Es gelang ihr kaum. Matt hatte seinen Bericht beendet und sah sie an. Kira flossen ein paar Tränen der Erleichterung über ihr Gesicht und sie sagte: „Ich fürchte, das war etwas zu viel auf einmal. Selbst für mich. Warum sind Sie denn nicht schon viel früher zu mir gekommen? Wir hätten so viele Dinge für Sie klären können."

„Vielleicht musste alles so geschehen, wie es geschehen ist, und vielleicht wäre ich heute ein anderer Mensch und nicht mit Kim zusammen. Das wären allerdings ziemlich trübe Aussichten, wie ich finde."

„Damit mögen Sie Recht haben. Gönnen Sie uns eine kleine Pause. Abigail bereitet uns gerne noch einen Kaffee und ich muss ehrlich gesagt Ihre Geschichte kurz sacken lassen." Kira ging nach draußen.

Abigail traute ihren Augen kaum. Kira sah fürchterlich aus. „Geht es dir gut? Was ist denn da drinnen passiert?"

„Zu viel. Leider. Machst du uns bitte noch zwei Tassen und sagst alle anderen Termine für heute ab? Es geht mir nicht gut."

„Natürlich. Soll ich bei dir bleiben? Du siehst aus, als könntest du etwas Beistand gebrauchen."

„Das wäre nicht die schlechteste Idee. Ich war kurz davor, den Alarm auszulösen."

„Was?! Hat er dich bedroht?" Abigail ließ vor Schreck beinahe die Kaffeetasse fallen.

„Nicht direkt und nicht absichtlich, aber ja, ich hatte Angst."

„Wenigstens bin ich jetzt vorgewarnt und bereit."

„Musst du nicht sein, die Gefahr ist vorüber, denke ich. Er ist ein wirklich guter Kerl. Alle in Riverside lieben ihn, mit Recht."

„Das muss ich nicht verstehen, oder?"

„Noch nicht. Ich gehe wieder zu ihm."

„Sei bitte vorsichtig!"

Mit einem gequälten Lächeln und den Kaffeetassen in der Hand ging sie zurück ins Sprechzimmer. „Mathew, ich habe hier zwei heiße Muntermacher für uns. Sie wollten mir noch eine Frage stellen."

„Das stimmt! Meine Zeit ist auch bald vorbei", sagte er und schien sich wieder mit einem großen Schluck Kaffee Mut anzutrinken. „Wissen Sie, ich habe jahrzehntelang Antworten gesucht und meine Mutter war und ist eine Heilige für mich. Deshalb konnte ich mich auch nie von meinem Elternhaus trennen. An diesem Ort kann ich meiner Mutter so nah sein wie nirgendwo sonst. Nun ist Kim in mein Leben getreten und zum ersten Mal überhaupt interessiert mich die Vergangenheit nicht mehr. Dann finde ich Charlenes Tagebücher und die Vergangenheit holt mich wieder ein, als ob es da noch etwas zu klären gäbe. Ich habe den Wunsch, mich zu lösen. Ich will so frei von alledem sein, wie ich nur kann. Ich will den Rest meines Lebens glücklich mit Kim verbringen. Aber ich kann förmlich spüren, dass da noch irgendetwas ist und mich davon abhalten will. Irgendetwas muss ich noch klären. Es verfolgt mich und lässt mich nicht los. Ich muss dringend einen Schlussstrich ziehen. Soll ich mein Elternhaus verkaufen und damit die Erinnerung an meine Mutter begraben?"

„Mathew, ich kann Ihnen nicht sagen, was Sie tun sollen und was nicht. Ich werde Ihnen auch nicht raten, das Haus zu verkaufen oder nicht. Aber ein Haus ist ein Haus. Steine, Holz, Metall. Erinnerungen tragen Sie in Ihrem Herzen und Ihren Gedanken. Sicherlich kann ein Objekt wie zum Beispiel ein Haus Ihre Erinnerungen verstärken. Ich könnte mir aber vorstellen, dass ein derart großes Objekt wie ein Haus Sie vielleicht daran hindern könnte, sonst im Leben voranzukommen. Sie können es behalten und damit weiterhin Ihrer Mutter so nahe sein, wie es nur geht. Sie könnten es aber auch verkaufen und dabei zusehen, wie es sich wieder mit Leben füllt. Anderes Leben, neues Leben. Und Sie könnten sich voll und ganz dieser wunderbaren Liebe zu Kim widmen. Was glauben Sie, würde sich Ihre Mutter für Sie wünschen?"

„Dann weiß ich nun, was ich zu tun habe. Danke", sagte er und stand schon auf.

Kira musste ihn bremsen. Sie konnte ihn nicht einfach so gehen lassen. „Mathew. Eine Sache möchte ich Ihnen noch sagen. Sie waren als Kind so lange Patient bei mir, weil ich mir Sorgen um Ihre psychische Stabilität machte. Ich nötigte Bill seinerzeit ein Versprechen ab. Er musste mich regelmäßig mit Ihnen besuchen, damit ich sicher sein konnte, dass es Ihnen gut geht und dass es auch so bleibt. Sie hatten für ein Kind zu viele schreckliche Dinge erlebt. Wie ich heute erfahren musste, ist es später nicht immer besser für Sie gelaufen. Ich möchte auch Ihnen ein Versprechen abringen. Sollten Sie jemals wieder einen Blackout haben, sich unwohl fühlen oder auf alte Informationen stoßen, die Sie nicht verstehen oder die Sie verunsichern, kommen Sie bitte sofort zu mir. Auch ohne Termin. Auch nachts. Ich bitte Sie sehr eindringlich darum. Das müssen Sie mir versprechen. Bitte!"

„Versprochen!", sagte er. Gab ihr die Hand zum Abschied und schien es in freudiger Erwartung eilig zu haben.

Abigail kam herein, nachdem er gegangen war, um sich nach Kiras Befinden zu erkundigen. Kira stand hinter ihrem Schreibtisch und hatte den Karton mit Mathews Akte daraufgestellt. Sie griff hinein und holte ein paar lose Blätter heraus. Sie stammten aus einem Tagebuch. Bill hatte sie ihr vor ein paar Jahren gebracht. Er hatte sie herausgerissen. „Manchmal hasse ich es, Recht zu haben", sagte sie in die Stille hinein. „Heute hasse ich mich dafür."

Matt fuhr in Richtung seines Elternhauses und verwickelte Kim in ein Gespräch über den Fluss und darüber, dass Paul nicht mehr sehr lange arbeiten wolle und früher oder später in Pension gehen würde. Man benötigte einen Nachfolger und jemanden, der bei der Flussrettung als Schwimmer infrage kam. Es war schwer, jemanden für beides zu finden, also ging die Suche nach einem neuen Schwimmer in den eigenen Reihen los.

„Ich soll also Klettern und Schwimmen lernen?", brachte Kim seinen Vortrag auf den Punkt.

„Kannst du noch nicht schwimmen?"

„Schon. Aber nicht so. In einem reißenden Fluss."

„Eigentlich ist das auch alles egal. Ich wollte nur, dass du dich nicht auf die Gegend konzentrierst." Matt stoppte den Wagen und sah sie an. „Kim ich habe etwas gemacht und möchte dir dafür danken. Ich liebe dich!" Er küsste sie und gab ihr mit einem Blick zu verstehen, dass sie auf sein altes Elternhaus schauen sollte. Alles war wie immer, bis auf das Schild an der Grundstücksgrenze, auf dem stand: ZU VERKAUFEN

Stacey

2004

Der Mond erleuchtete die Nacht, als Stacey über die Brücke fuhr. Sie hatte sich hübsch gemacht und darauf verzichtet, ihre blonden Haare zu glätten. Matt hätten die Locken sehr gefallen. Früher hatte sie sich für ihn so zurechtgemacht, aber zwischen ihnen lief schon lange nichts mehr. Es fehlte ihr auch nicht. Genau genommen war sie von dem Sex mit ihm relativ schnell gelangweilt gewesen. Er war ein wirklich guter Kerl. Das war er auf jeden Fall und sie würde ihn auch nicht wieder hergeben wollen. Sie gab ihm, was sie konnte. Aber Sex gehörte einfach nicht mehr dazu. Es war aber nicht so, dass sie überhaupt keine Lust mehr empfinden würde. Nur eben nicht auf Matt. Körperlich hatte er sich irgendwann auch von ihr distanziert. Darüber war sie einerseits erleichtert, andererseits kam er als Sheriff mit vielen hübschen Frauen in Kontakt. Aber um fremd zu gehen, war er zu ehrlich. Sicherlich hatte sie ein schlechtes Gewissen, da sie diesmal zwar nach Clearwater fuhr, sich aber nicht mit ihren alten Klassenkameraden treffen würde. Die Vorfreude und die Aufregung waren jedoch um ein Vielfaches stärker als ihr schlechtes Gewissen. Das Internet bot eine Fülle von neuen Möglichkeiten. Warum sollte sie sich also in Riverside einschließen lassen und nie wieder Spaß am Leben haben dürfen? Sie nannte sich Ann und sein Name war John. Sie ging nicht davon aus, dass dies sein richtiger Name war. Hauptsache er hatte bei den Bildern nicht gelogen. In seinen Nachrichten war er immer relativ eloquent und nett gewesen, aber auch sehr direkt. Stacey hatte das Motel ausgesucht und gebucht. Er wollte sie dafür vorher zum Essen ausführen. Das hatte sie abgelehnt. Zu viele Leute kannten sie in Clearwater.

Vor dem Motel angekommen klappte sie noch einmal die Sonnenblende herunter und legte roten Lippenstift und schwarzen Kajal nach. Sie sah sich selbst in ihre blauen Augen und befand für richtig, was sie in dieser Nacht zu tun gedachte. Immerhin war sie eine Frau mit Bedürfnissen, denen ihr Mann nicht gerecht wurde. Warum also sollte sie sich nicht nehmen, was ihr zu stand?

Toms Augen öffneten sich. Er lauschte in sich hinein und war allein. Tatsächlich allein. Zum ersten Mal. Rebecca war sonst immer da und sie stritten sich derart, dass er regelmäßig jede Kontrolle verlor und den halben Wald verwüstete. Tom wusste genau, wer er war, denn es gab ihn nicht wirklich. Genauso wenig wie es Rebecca nicht wirklich gab. Sie beide waren nur Abbilder im Kopf ihres Sohnes. Wenn Tom in den Spiegel sah, sah er nicht sich, sondern Matt. Dieses Weichei, das seine Mum so sehr liebte und sie ihn. Warum nur war Rebecca nicht da? Was hatte Matt anders gemacht? Er hatte zu lange gewartet. Zu viel Wut konnte sich aufstauen und zu sehr hatte ihn die Frage nach dem Motel beschäftigt. Gut, dass Tom im Hintergrund noch ein paar Fäden hatte ziehen können. Nicht umsonst ließ er ihn bei dieser Wanderung nach Osten gehen, näher an Clearwater heran, als man es meinen mochte. Er wollte herausfinden, was diese Schlampe im Schilde führte. Sie sollte ihr blaues Wunder erleben, wenn sie seinen Sohn betrügen würde. Er hatte Matt ein Paar Turnschuhe, eine Hose, ein Shirt, ein paar dünne Lederhandschuhe und ein

Messer einpacken lassen. Viel Zeit blieb ihm nicht. Der Weg war trotz der Nähe zu Clearwater immer noch weit. Es war dunkel, aber er kannte die Wälder wie niemand sonst. Jahrelang hatte Matt diesen Teil der Wälder erkundet. *Wie sich am Ende doch alles zusammenfügt.* Nachdem er sich angezogen hatte, trank er noch einen großen Schluck Wasser. Es lagen etwa achtzig Minuten Dauerlauf durch den dunklen Wald vor ihm. Aber das machte ihm keine Sorgen. Matt war zwar ein Idiot, wenn es um seine Frau ging, aber er war sportlich wie kaum ein anderer. Dann lief er los.

Es klopfte an der Tür. Stacey war nervös. Was, wenn er doch nicht so aussah wie auf den Fotos oder wenn er brutal werden würde? Sie hatte vorgesorgt. Ein Taser lag unter dem Kopfkissen und das Pfefferspray griffbereit in der Tasche ihrer Strickjacke. Das war aber nur für die größte Not. Die Chance, an einen Verrückten zu geraten, stufte sie als gering ein. Sie öffnete die Tür. Da stand er vor ihr, groß und gut gebaut. Die Fotos hatten nicht zu viel versprochen. *Es ist schon einige Ironie dabei, dass ich Matt gleich mit einem anderen Mann betrügen werde, der sich von seiner Frau vernachlässigt fühlt.*

„Hallo, John! Wie viel Zeit hast du?"

„Hallo, Ann, leider nur zwei Stunden. Sie ist bei ihren Eltern und kommt heute Nacht noch zurück."

„Dann hör auf zu reden! Das können wir im Chat erledigen." Sie ging zum Bett und drehte sich um. Er war ihr direkt gefolgt und stand nur Zentimeter vor ihr. Seine Hände glitten durch ihr Haar, den Hals herunter und über ihre Brüste, um sie schließlich fest an der Hüfte zu packen und ihr den Rock hochzuziehen. Eine Hand griff zwischen ihre Beine. Sie sah ihm in die Augen und nickte, als er bemerkte, dass sie keine Unterwäsche trug. Sie hielt es kaum noch aus und wünschte sich, schon gänzlich nackt zu sein. Das Ausziehen kam ihr jetzt wie ein viel zu großer Zeitverlust vor. Er ließ sie los, legte seine Fingerspitzen auf ihre Schultern und gab ihr einen Stoß. Von seinen Fingern angetrieben fiel sie auf das Bett. Wie er seine Hose so schnell ausgezogen hatte, war ihr ein Rätsel, aber eigentlich auch egal. Nur Sekunden später war er auf und in ihr. Er fühlte sich gut an und war ausgehungert. Sie ließ sich nehmen und ihre Fingernägel bohrten sich in seinen Rücken.

Tom lief und lief und lief. Er war erstaunt, wie leicht es war. Matt hatte wirklich viel für seinen Körper getan. Es war so einfach, mit ihm umzugehen. Die dunklen Bäume zogen wie Geister im Mondlicht an ihm vorüber. In der Ferne sah er das Leuchten von Clearwater. *Ich hoffe, du lässt dich noch einmal richtig durchnehmen. Es wird dein letztes Mal sein*, dachte er immer wieder.

John drehte sie um und sie ließ es geschehen. Ihr Körper schien vor Erregung zu glühen. Es war so gut. Er nahm sich, was er wollte, und es geschah mit solcher Leidenschaft, dass sie gar nichts tun musste, außer ihre Hüfte in die für sie günstige Position zu bringen. Nach ihrem dritten Orgasmus hatte sie aufgehört zu zählen. Er schien nicht müde zu werden oder jemals fertig zu sein.

Tom konnte die ersten Häuser klar erkennen. Es war nicht mehr weit. Das Motel kannte er. Er wusste, wie er dort hinkommen würde, nur durfte ihn niemand sehen. Matts Wissen als Sheriff kam ihm zugute. Er vermied es, an

Tankstellen, Geldautomaten, öffentlichen Gebäuden oder Firmen vorbei zu laufen. Dort könnten überall Überwachungskameras sein. Sein Weg wurde dadurch nicht leichter und ein ganzes Stück länger, aber er würde nicht entdeckt werden.

Niemals hätte sich Stacey vorstellen können, dass sie einmal so viel Leidenschaft aufbringen könnte, um genau das gut zu finden, was gerade passierte. Er war in ihrem Mund und seine Zunge war in ihr und überall da, wo es sie vor Erregung fast wahnsinnig machte. Warm floss es ihre Kehle hinab und sie tat sich gütlich daran. Nie zuvor hätte sie das zugelassen, aber heute Nacht war alles anders. Heute Nacht war sie eine andere Frau.

Keiner von beiden bemerkte den stillen Beobachter, dem das Schattenspiel, welches sich ihm durch die viel zu dünnen Vorhänge bot, völlig ausreichte, um sich vor sich selbst zu rechtfertigen. *Du elende Scheißkuh, meinem Sohn und deinem Mann verwehrst du jeden Blick auf deinen nackten Arsch und hier lässt du dich rannehmen wie eine billige Crackhure.* Er schlich sich wieder davon und wartete hinter einem Auto.

Stacey lag nackt auf dem Bett und beobachtete John beim Anziehen. „Das sollten wir wiederholen."

„Auf jeden Fall! Ich hoffe, es passt irgendwann mal wieder mit deinem Mann und meiner Frau." Er beugte sich über sie, um sie zu küssen. „Wir lesen uns morgen im Chat. Bis dann!" Die Tür öffnete sich und er ging.

Stacey konnte nicht glauben, was gerade alles passiert war. Es pochte noch immer wie verrückt zwischen ihren

Beinen und in ihrem Körper. *Solchen Sex kann man haben?!* Sie lächelte selig, als sie das völlig verwüstete Bett betrachtete.

Der Mann kam aus der Tür, ging zu seinem Wagen, stieg ein und fuhr davon. Tom versicherte sich noch einmal, ob es wirklich keine Kameras am Haus gab. Er zog die Handschuhe an und ging zur Tür.

Stacey hatte gerade den Taser und das Pfefferspray in ihrer Handtasche verstaut, als es an der Tür klopfte. „Na, hast du etwas vergessen oder bleibt deine Frau länger und wir können noch einmal von vorne anfangen?", rief sie und beeilte sich, um in freudiger Erwartung zu öffnen.

„Matt?!" Ein Schlag traf sie hart und sie ging zu Boden.

Als sie wieder aufwachte, war sie ans Bett gefesselt und geknebelt. Arme und Beine waren je an einen Pfosten gebunden. Sie versuchte, zu schreien und ihre gespreizten Beine zu schließen, aber der Knebel und die Fesseln verhinderten das nur zu gut. Außerdem nahmen die Schreie ihr das letzte bisschen Luft zum Atmen. Im nächsten Augenblick war sein Gesicht vor ihren Augen.

„Sag 'Hallo' zu Matt! Er ist dein Mann und möchte gerne die Nacht mit seiner ihn liebenden Frau verbringen. Ach, du kannst ja gar nicht antworten. Glaube nur nicht, dass ich dir den Knebel abnehme. Ich will aber, dass du weißt, wer ich bin. Ich bin nicht Matt. Gott bewahre! Nein! Matt schläft im Wald in seinem Zelt und ahnt nichts Böses. Du dürftest mich Tom nennen, wenn du sprechen könntest. Aber da mir nach eurer pornoreifen Darbietung sowieso egal ist, was du sagst, bleibt der Lappen in deiner Fresse. Ich stehe eh nicht auf viel Gequatsche, also bringen wir es direkt hinter uns. Morgen schon wird mein Sohn Witwer sein und du bist die Glückliche, die es als Erste erfährt."

Tränen der Angst flossen aus ihren Augen, die weit aufgerissen und panisch versuchten, einen Ausweg zu finden. Sie wurde fast wahnsinnig und versuchte, sich mit aller Kraft von den Fesseln zu befreien. Vergebens.

„Nun mach nicht so einen Aufstand um das Unvermeidliche. Du hast es bald geschafft."

Ein Schmerz fuhr in sie. Genau da, wo sie vor einer halben Stunde noch die größten Freuden ihres Lebens verspürt hatte.

„Oh, habe ich da etwas falsch verstanden? Vorhin noch sah es aus, als würdest du darauf stehen. Vielleicht hättest du deinen Mann öfter ficken sollen, dann wäre ich auch auf dem Laufenden."

Wieder und wieder drang die Klinge in sie ein, die Schmerzen waren unerträglich. Sie schrie in den Knebel und versuchte, dem Martyrium zu entkommen. Dann schien er zu schneiden. Sie hatte so unsägliche Schmerzen, dass sie nicht mehr deuten konnte, was genau geschah.

„Nur ein kleines Souvenir, weißt du. Von dem Wichser aus San Diego habe ich auch schon eines." Er kniete sich über sie und fuchtelte mit dem Messer vor ihrem Gesicht herum. „Matt hat irgendwann einmal ein Buch gelesen. Da gab es eine schöne Geschichte über einen gefesselten Mann und ein Pendel. Wenn du die Geschichte auch kennst, weißt du was jetzt kommt." Er hielt das Messer weit nach oben und fuhr damit über ihren Körper hinweg, als wären sein Arm und das Messer ein Pendel. Wieder und wieder. Es schnitt sie Stück für Stück kaputt. Ihr gesamter Oberkörper, ihre Brüste und ihr Gesicht waren schließlich mit Schnitten übersät, als er endlich zum finalen Stich an ihrer Kehle ansetzte.

Sie war vor Schmerzen völlig benebelt und bekam kaum noch etwas mit, bis sie dieses eigenartige Gefühl in ihrem Hals hatte. Etwas Warmes schien sich unter ihrem Kopf und ihren Schultern auszubreiten. Dann wurde es dunkel.

Tom hatte es auf dem Rückweg nicht sehr eilig, trotzdem lief er einen zügigen Schritt. Ein paar hundert Meter vom Zelt entfernt war ein Bach. Dort würde er sich waschen und die Sachen vergraben. Plötzlich blieb er stehen und brach zusammen. Er ging in die Knie und stützte sich mit den Händen auf dem ausgetrockneten Waldboden ab. Rebecca war da.

„Tom, was hast du getan?", schrie sie.

„Halt die Fresse! Wir sind noch nicht weit genug im Wald", sagte er und ging weiter, musste sich aber sofort wieder an einem Baum festhalten.

„Wie konntest du ihn nur so etwas tun lassen?", fragte sie etwas leiser. Ihre Stimme klang verzweifelt und gleichzeitig fest entschlossen.

„Die Schlampe hat es nicht anders verdient!", brüllte er.

„Niemand hat so etwas verdient. Nicht einmal du."

„Ach, bin ich jetzt wieder der Böse, der nichts richtig macht?! Darf ich dich vielleicht an San Diego erinnern!?"

„Das war Notwehr, aber du musstest wieder einmal völlig ausflippen."

„Ja ja, bla bla bla. Erst soll man euch helfen und dann ist es auch wieder nicht richtig."

„Ich wünschte, du wärst wieder weg! Ich wünschte, ich hätte dich nie zurückgeholt."

„Das hättest du wohl gern, was!? Damit dein kleiner Liebling sich die nächste Schlampe angelt, die ihn nur verarschen wird."

„Tom! Es ist genug! Zu viel hast du angerichtet. Wenn er morgen aufwacht, wirst du weg sein."

„Und wie willst du das machen?"

„Ich habe es schon einmal geschafft."

„Du hast es auch geschafft, mich zurückzuholen, als die Kacke am Dampfen war."

„Lieber werden wir sterben, als dich noch einmal um Hilfe zu bitten."

„Ich kann gleich gehen, wenn du willst. Viel Spaß beim Spuren beseitigen!"

„Tom, ich weiß, was du weißt und wir beide wissen, was Matt weiß. Geh einfach weg!"

Erkenntnis

2017

Das Telefon klingelte. Matt hob den Hörer ab und meldete sich: „Büro des Sheriffs, Sheriff Crawley, was kann ich für Sie tun?"

„Miller hier, von Miller und Söhne Immobilien. Mr. Crawley, schön, dass ich Sie persönlich erreiche. Wir haben da ein kleines Problem mit Ihrem Haus."

„Hallo, Mr. Miller, was denn für ein Problem?"

„Nun, ein junges Paar hat heute das Haus besichtigt und der Frau ist im Schuppen etwas aufgefallen."

„Aha und was genau ist ihr aufgefallen?"

„Die Frage ist vor allem, wie es ihr aufgefallen ist. Eine der Bodendielen hat nachgegeben. Sie ist mit ihrem Fuß durchgebrochen. Die Ärmste hat sich ziemlich erschrocken, zum Glück ist nichts weiter passiert. Aber Sie haben jetzt ein Loch im Boden und darin scheint etwas versteckt zu sein, ein Eimer oder so etwas. Ich habe es bemerkt, als ich den Schuh der Dame wieder aus dem Loch angelte."

„Da kann kein Loch sein. Der Schuppen steht doch direkt auf dem Erdboden."

„Das dachten wir auch, aber da ist ein kleines Versteck im Boden. Wissen Sie, morgen ist schon die nächste Besichtigung und da wäre es gut, wenn das Loch nicht mehr da wäre."

„Ich verstehe." Matt sah genervt auf die Uhr. Es war halb fünf am Abend. Wo sollte er um diese Zeit noch Bodendielen herbekommen und wenn er sie bekäme, würde es

Mitternacht werden, bis er den Schaden repariert hätte. „Ich sehe, was ich machen kann, und rufe sie morgen Vormittag wieder an. Ob ich es repariert bekomme, weiß ich noch nicht, aber es wird keine Gefahrenstelle mehr sein. Wäre das erst mal in Ordnung so für Sie?"

„Das ist fantastisch, Mr. Crawley. Bis Morgen. Auf Wiederhören."

„Ja, auf Wiederhören!" Matt legte auf und sah einen schönen Abend mit Kim in endlose Ferne entschwinden. Ihr letzter gemeinsamer Abend war schon eine Weile her. Sie wollten beide nicht, dass sich der Dienstplan nun nach ihrem gemeinsamen Leben richten sollte. Alle anderen hätten jedes Verständnis dafür gehabt und hatten tatsächlich versucht zu intrigieren, damit die beiden mehr Zeit füreinander haben konnten. Matt hatte das aber schnell durchschaut und mit einem lachenden und einem weinenden Auge unterbunden.

Er ging zu Kim in die Wachstube, um ihr die Neuigkeiten zu überbringen. Natürlich bot sie ihm sofort ihre Hilfe an. Matt wollte aber, dass wenigstens sie einen ruhigen Abend haben konnte, wenn auch allein. Schließlich gab sie sich geschlagen, denn eigentlich hatte sie nicht wirklich Lust, am Abend in einem Schuppen den Fußboden zu reparieren.

„Hauptsache du liegst morgen früh bei mir", flüsterte sie ihm ins Ohr.

Matt lächelte sie vielsagend an und ging wieder in sein Büro. Kurz vor Feierabend kam Kim noch einmal zu ihm, um ihm viel Erfolg bei der Reparatur zu wünschen und um ihm zu sagen, wie sehr sie ihn liebte. Es wurde still in der Wache. Nur noch Paul und Tilman saßen vor dem Fernseher und läuteten damit die Nachtschicht ein.

Am Haus angekommen ging Matt hinein, um den Schlüssel vom Schuppen zu holen. Diese wahnsinnige Sehnsucht, die ihn früher überkommen hatte, wenn er hier gewesen war, gab es nicht mehr. Es war zwar sein Elternhaus und etliche Erinnerungen steckten in den Wänden, aber er hatte es endlich geschafft loszulassen, darüber war er maßlos glücklich. Nichts Negatives aus seiner Vergangenheit sollte in seiner Zukunft mit Kim eine Rolle spielen.

Der Schlüssel lag auf dem Küchentisch. Er nahm ihn, ging wieder aus dem Haus, die Stufen herunter und hatte ein Déjà-vu. Ein weiteres überkam ihn, als er den Schlüssel im Schloss des Schuppens drehte. Nachdem er das Loch im Boden entdeckt hatte, wurde ihm schwindelig. Er setzte sich auf die alten Dielen und seine Gedanken überschlugen sich. Erinnerungen schossen wie schmerzende Blitze durch seinen Kopf. Viele Dinge, an die er Jahre, gar Jahrzehnte nicht gedacht hatte, fielen ihm wieder ein. „Was ist das denn jetzt?", fragte er sich selbst in die Stille hinein, während er sich den Kopf hielt, als täte er ihm weh. Er wandte sich von dem Loch ab und griff wie selbstverständlich nach einer Diele, um sie einfach herauszunehmen. Sie war nicht fest. Sie war so in den Boden gelegt, dass man sie herausnehmen konnte. Es fiel nicht auf, dass sie lose zwischen den anderen Dielen lag. Woher wusste er das? Die Diele daneben war auch nicht fest. Er nahm auch diese heraus. Jetzt sah er den kleinen Verschlag. Es war mit Holz ausgekleidet und darin stand ein Eimer. Als er nach ihm griff, erinnerte er sich an Dinge, die so nicht geschehen sein konnten. Er erinnerte sich, wie er nach einer seiner Wanderungen etwas hier hineingeworfen hatte. „Was ist das?", rief er laut und zu sich selbst. Er hob den Eimer aus dem Loch und sah sich als

Kind mit dem Eimer spielen. *Das gibt es doch nicht!* Dann griff er hinein.

„Na endlich hast du es!", hörte er sich selbst sagen und konnte es nicht einordnen.

„Was?"

„Du hast ihn gefunden. Deine dumme Mutter glaubte, sie könnte dich und mich beherrschen. Aber ich war nie wirklich weg."

„Was passiert hier, dreh ich jetzt wegen so eines bescheuerten Loches durch?"

„Du bist schon vor vielen Jahren durchgedreht. Aber dazu vielleicht später. Los, greif hinein!"

Matt griff in den Eimer und hielt einen kleinen Klumpen in der Hand. Eigentlich waren es nur noch ein paar Gramm Dreck, aber augenblicklich sah er sich über einem Mann knien, dem er das Gesicht zerschlug.

„Nein!", schrie er und warf den Klumpen von sich.

„Oh nein! So leicht kommst du mir nicht davon. Hol es zurück!"

Matt kroch über den Boden und legte seine zitternde Hand auf den Klumpen. Jetzt war es klar und deutlich in seinem Kopf. Der Strand, Bruce, die Vergewaltigung, sein Aufbäumen und Schläge. Immer wieder Schläge. Schläge in das Gesicht, das schon lange keines mehr war. Dann sah er, wie er nach dem Hodensack seines Opfers griff und so lange und mit so viel Gewalt daran zog und zerrte, bis er ihn in den Händen hielt, wie er ihn erst in seinem Hotelzimmer und später in seinem Gepäck versteckte und wie er ihn hier herbrachte, bevor er zu Charlene ging.

„Das kann nicht sein! Das kann nicht sein!", schrie er.

„Oh doch, mein Lieber. Das ist erst der Anfang. Es wird noch besser. Schau, was ich noch für dich habe!"

Matt kroch zurück zu dem Eimer und ließ seine Hand hineinfallen. Er holte einen sehr kleinen Fetzen heraus. Ein gellender Schrei entfuhr ihm. Er wagte nicht, es einfach von sich zu werfen. Zu sehr schmerzten ihn die Erinnerungen, die nun aufkamen. Er schrie und hielt es in seinen Händen, als wäre es aus feinstem Glas und höchst zerbrechlich. Seine Schreie hörten nicht auf, bis er irgendwann das winzige Stückchen lederne Haut ganz vorsichtig und behutsam auf den Boden legte.

„Wer bin ich?", flüsterte er.

„Oh! Das ist eine gute Frage!", hörte er sich lachend antworten.

„Geh weg! Geh weg!", schrie er und sprang auf. Schreiend und um sich schlagend, taumelte er durch den Schuppen. „Geh weg!" Alles was nicht befestigt war, riss er herunter. „Verschwinde!" Er verwüstete alles, was ihm in die Quere kam, bis es wieder still in seinem Kopf wurde. Matt saß in dem Trümmerhaufen und dachte an alle und alles auf einmal. Kim, Bruce, Stacey, Bill, Kim, Charlene, Kim und Kim und Kim und immer wieder Kim und er, ein verrückter Mörder, der bis an das Ende seines Lebens in eine geschlossene Anstalt gehörte. Nicht einmal Dr. Schultz könnte ihm jetzt noch helfen. Er wurde langsam wieder klar im Kopf und ging zu seinem Streifenwagen. Keine Regung war mehr in seinem Gesicht zu erkennen. Er funktionierte nur noch und öffnete den Kofferraum. Es gab eine kleine Tasche zur Beweissicherung, damit ging er zurück in den Schuppen und sammelte die abgetrennten Hoden und die Schamlippen ein, steckte die fast vollständig verwesten Körperteile in Tüten und beschriftete diese ordnungsgemäß. Dann ging er ins Haus, setzte sich an den Küchentisch und begann zu schreiben. Alles was ihm einfiel, wollte er zu

Papier bringen und Agent Dunham in Clearwater anrufen. Der sollte ihn einfach abholen und für immer wegsperren. Niemals wieder wollte er zurückkehren. Niemals im Leben hätte er irgendwem aus dieser Stadt wieder in die Augen sehen können. Während er schrieb, kreisten seine Gedanken weiter um alles und jeden in seiner Vergangenheit. In jedem zweiten Satz, den er schrieb, entschuldigte er sich bei Kim, seinen Kollegen, den Menschen von Riverside und den Toten.

Als er fertig war und zum Auto ging, um sein Telefon zu holen, war er wieder da. Matt war sich inzwischen bewusst geworden, dass er offensichtlich eine weitere Persönlichkeit in sich trug und dass es sich dabei um seinen Vater handelte. Er versuchte, sich mit aller Kraft dagegen zu wehren. Seine Knie versagten ihren Dienst. Er taumelte und stürzte die Stufen der Veranda herunter. Vor dem Haus liegend hämmerte er mit seinen Fäusten gegen seinen Kopf. Es half nichts. Er kroch zur Treppe und noch während er seinen Kopf gegen die untere Stufe schlug, hörte er sich sagen: „Du glaubst doch nicht etwa, dass das alles war? Du glaubst doch nicht etwa, dass das wirklich schon alles war? Hast du nicht jemanden vergessen?"

„Mum!"

„Genau, mein Sohn. Los, geh und suche den Eimer in dem Chaos, das du angerichtet hast."

Matt rappelte sich auf und rannte zum Schuppen. Er riss die Tür fast aus den Angeln und schleuderte alles beiseite, um an den Eimer zu gelangen. Immer wieder rief er nach seiner Mum, als wäre sie unter dem Unrat verschüttet, und er käme, um sie zu befreien. Er fand den Eimer, trug ihn vor die Tür des Schuppens und schüttete ihn aus. Ein Kleid fiel heraus. Eigentlich fiel nur ein altes Stück Stoff heraus, das einmal ein Kleid gewesen war. Außerdem ein paar vertrocknete Kastanien, die vor vielen Jahren einmal zu einem Kastanienmännlein zusammengesetzt gewesen waren.

„Mum!"

„Jetzt wird es spannend! Nun, mein Kleiner, wie findest du das?"

Er nahm das Kleid und drückte es an sein Gesicht, um daran zu riechen. Der Schmerz war unerträglich. Er saß da, mit dem Kleid vor seinem Gesicht und fiel wie ein Stein um. Schmerzend und mit der Wucht eines Projektils kehrte die Erinnerung zurück. Er sah sich vor dem Küchenschrank sitzen und nach dem Messer greifen, aufstehen, zum Tisch rennen und zustechen, wieder und wieder und wieder. Er spürte, wie das Blut in sein Gesicht spritzte und wie er das Messer immer weiter, Stich für Stich, in den Hals seiner Mutter trieb.

Wie ferngesteuert stand er auf, öffnete seinen Gürtel und zog ihn von der Hose. Ihm wurde warm ums Herz und er lächelte, als er sich das Leder um den Hals legte. Jetzt konnte er sie sehen. Sie kam vom Haus her auf ihn zu. Ihr kurzes Kleid war schön wie eine Blumenwiese an einem Spätsommerabend, ihr Blick war aufrecht und ihre großen braunen Augen trugen unendlich viel Liebe in sich. Sie war wunderschön und lächelte ihn mit ihrer ganzen Anmut an, als sie näherkam. Schließlich kniete sie vor ihm. Warme, weiche Hände streichelten über sein Haar und nahmen sein ängstliches Kindergesicht beschützend in sich auf.

„Mami", flüsterte er.

„Ich liebe dich so sehr, mein großer Junge! Lass uns gehen", sagte sie, stand auf und streckte ihm lächelnd beide Hände entgegen. - Er ergriff sie.

Matt hockte vor der Schuppentür und spürte den Türknauf zwischen seinen Schulterblättern. Dann ließ er sich fallen.

Moon River

2017

Kim öffnete die Augen. Sie suchte mit ihrer Hand auf der anderen Betthälfte nach Matt. Vergebens, seine Decke war unberührt. Während sie die Situation realisierte, stieg diese altbekannte Übelkeit in ihr auf. Sie sprang aus dem Bett und rannte ins Bad, um sich zu übergeben. Nachdem sich ihr Magen etwas beruhigt hatte, überlegte sie, was passiert sein konnte. Warum war Matt nicht da? Ihr ging es so schlecht wie an ihrem ersten Tag auf der High School. Weshalb sie zuerst an der Arbeit anrief und nicht Matt auf seinem Handy, wusste sie nicht.

Beth hatte sich gerade umgezogen. In 15 Minuten sollte ihr Dienst mit Evan beginnen. Das Telefon klingelte. Irgendwie klang es heute anders. Da sie gerade danebenstand, nahm sie den Hörer in die Hand: „Büro des Sheriffs, Deputy Malone, was kann ich für Sie tun?"

„Hallo, Beth, hier ist Kim. Ist Matt schon bei euch?"

„Kim, du hörst dich furchtbar an, geht es dir gut?"

„Mir geht es nicht gut. Ist Matt bei euch? Er wollte gestern Abend noch zu seinem Elternhaus, um etwas zu reparieren. Ich habe geschlafen wie ein Stein und jetzt bin ich wohl krank."

Beths sechster Sinn schlug Alarm. Sie bekam ein ganz flaues Gefühl im Bauch. Das Problem daran war, ihr Bauch hatte immer Recht. Sie kannte es nicht anders. Wie automatisch hob sich ihre linke Hand und schnipste leise mit den Fingern, um die Aufmerksamkeit ihrer Kollegen zu bekommen. Gleichzeitig flossen ihr Tränen aus den Augen. „Leg dich erst mal wieder hin und ruhe dich aus. Wahrscheinlich hat er dort geschlafen und repariert schon weiter. Er hat sicher sein Handy lautlos gestellt. Ich fahre hin und schlage ihm das Ding um die Ohren."

„Das wäre echt lieb von dir! Bis später!"

„Bis später, Süße!" Sie legte auf und schaute in drei fragende Augenpaare. „Ich hoffe, ich habe mich nicht verraten. Ich glaube, mit Matt ist etwas passiert."

Eine Minute später hatte Evan den Notruf auf sein Handy umgeleitet und sie fuhren so schnell wie möglich zu Matts Elternhaus. Paul und Till dachten nicht mehr an ihren Feierabend.

Kim glaubte, etwas in Beths Stimme erkannt zu haben. Da stimmte etwas nicht. Sie beschloss, zu Matts Elternhaus zu fahren. Die Sorge verstärkte ihre Übelkeit zusätzlich. Sie benötigte einige Zeit, bis sie endlich im Auto saß. Unterwegs musste sie sich noch einmal im Straßengraben übergeben. Es kam ihr vor, als müsste sie den schlimmsten Weg ihres Lebens antreten. Nachdem sie die letzte Kurve hinter sich gelassen hatte, sah sie sämtliche Streifenwagen der Polizei von Riverside vor dem Haus stehen und Paul, wie er das Polizei-Absperrband vor alle Zugänge des Hauses spannte. Ein paar Meter hinter dem letzten Streifenwagen stoppte sie und stieg aus. Sie wollte nicht wahrhaben, was sie da sah. Ihre Kehle schnürte sich zu und sie bekam kaum noch Luft. Unfähig auch nur einen Ton herauszubringen, versuchte sie trotzdem zu schreien und sank neben ihrem Auto auf die Knie.

Paul hatte sie nicht kommen hören. Er wartete auf das FBI, um von diesem Ort verschwinden zu können. Er wollte nur noch weg von hier und sah sich um, in der Hoffnung, die Fahrzeuge von den Kollegen kommen zu sehen. Durch seinen von Tränen verschwommenen Blick erkannte er nur schemenhaft das Auto und die Person, die daneben kniete. Es konnte nur Kim sein. Er rannte los. Er musste sie um jeden Preis stoppen, keinen Schritt weiter durfte sie kommen.

Die anderen saßen in einem der Streifenwagen und versuchten, sich gegenseitig aufrecht zu halten.

Tills Hirn wiederholte diese zwei Worte wie ein Mantra: *Dissoziative Identitätsstörung.* Matt hatte sie in seinen Brief geschrieben und nun schienen sich diese Worte, begleitet von etlichen Fragen, in Tills Hirn zu brennen. Warum hatte niemals jemand etwas bemerkt? Wieso hat er sich nicht helfen lassen? Es war auch kein wirklicher Abschiedsbrief, den er da geschrieben hatte. Warum also hatte er sich umgebracht? Wieso überhaupt hatte er sich erhängt und sich nicht einfach mit seiner Waffe erschossen und was waren das für eigenartige Flecken? Sie waren praktisch überall. Man konnte sie sehr deutlich erkennen, da sie wie Hunderte kleine Inseln im Staub der vielen Jahre waren. Tills Kopf arbeitete auf Hochtouren. So langsam wurde ihm jedoch klar, dass er wohl niemals auch nur eine Antwort auf seine Fragen bekommen würde.

Als sie Paul rennen sahen, gab es dafür nur eine Erklärung.

Beth gab dem Gedanken, den alle hatten, einen Namen, indem sie halb panisch und halb weinend „Kim!" herauspresste.

Augenblicklich sprangen sie alle gleichzeitig aus dem Wagen und stürmten auf sie zu. Paul kniete schon neben ihr und hielt sie im Arm. Sie konnten sich nur noch dazu stellen. Zu mehr war niemand fähig.

„Was ist ...?", schluchzte Kim.

„Bleib einfach hier bei uns", antwortete Beth, „niemand versteht es."

„Was?", brüllte Kim sie mit erstickender Stimme an.

Beth schüttelte nur den Kopf und setzte sich neben sie auf die Straße.

„Ihr müsst es mir sagen!"

Sie konnten es nicht. Keiner fand Worte, die ihm nicht im Hals stecken bleiben würden.

Kim riss sich von Paul los, sprang auf und lief. Sie wusste, dass Matt im Schuppen etwas reparieren wollte, also lief sie dort hin. Sie war eine geübte Läuferin. Die anderen vier hatten nicht den Hauch einer Chance sie einzuholen, bevor sie den Schuppen erreichen würde. Sie versuchten, sie aufzuhalten. Rennend, schreiend, flehend. Es half nichts. Kims markerschütternde Schreie erreichten sie, als sie gerade einmal die Hälfte des Weges zurückgelegt hatten.

Beth sank zu Boden. Es war zu viel. Alles war zu viel. Sie konnte schon das Bild von Matt, wie er an dem Türgriff des Schuppens hing, kaum aushalten. Nun sollte sie auch noch dabei zuhören, wie die Seele ihrer Freundin zu sterben schien. Nachdem sie wieder einen klareren Gedanken fassen konnte, rief sie einen Rettungswagen und Andrew Sinclair, den Pastor an.

Till erreichte Kim als Erster und stellte sich dem Anblick in den Weg. Er kniete sich zu ihr, versuchte sie in den Arm zu nehmen. Später würde er nicht mehr sagen können, was ihm mehr wehtat. Ihre Schreie in seinen Ohren oder die

Schläge gegen seinen Körper. Er ertrug beides. Irgendwann fand er die einzigen Worte, die er aussprechen konnte, ohne selbst durchzudrehen, und brüllte sie Kim ins Gesicht. Wieder und wieder: „Kim, er war krank! Er war krank! Er war so sehr krank."

Endlich hielten einige Fahrzeuge vom FBI vor dem Haus.

Seit Tagen hatte in der ganzen Stadt kaum jemand gesprochen und heute arbeitete niemand. Alle gingen schweigend zum Friedhof, um sich von Matt zu verabschieden.

Pastor Sinclair fand kaum tröstende Worte. Er verglich Matt mit sich selbst. Matt sei auch ein Hirte gewesen, der auf tragische und ungewollte Weise vom Weg abgekommen war und am Ende nur noch einen Ausweg gesehen hatte. Niemand solle urteilen. Aber jeder solle versuchen, den unsäglichen Schmerz dieser armen Seele nachzuempfinden.

Vom FBI aus Clearwater waren einige Agents anwesend, um ihm mit einer Gitarre und einer Mundharmonika die letzte Ehre zu erweisen. Kein Mensch aus Riverside wäre heute dazu im Stande gewesen. Sie stellten sich auf und spielten 'Moon River' wie Maria und José es auf der Beerdigung seiner Mutter getan hatten, während man ihn an ihre Seite hinabließ.

Kim saß abwesend auf einem Stuhl. Alles um sie herum geschah automatisch und ohne, dass sie irgendeinen Einfluss auf die Dinge nehmen konnte und wollte. Sie wohnte seither bei Beth auf dem Sofa und verließ die Wohnung praktisch nie. Maria und José kümmerten sich darum, ihre Sachen aus Matts Haus zu holen. Die Übelkeit war seither auch nicht besser geworden. Nichts, was sie aß, konnte sie bei sich behalten. Hier auf dem Friedhof fühlte sie sich völlig fehl am Platze. Jede Faser ihres Körpers sehnte sich nach Matt. Jeder Gedanke galt ihm. Würde sie jemals wieder einen frohen Gedanken haben können? Langsam begann sie, ihr Leben zu hassen. Nichts, aber auch gar nichts, schien ihr vergönnt zu sein, ohne dass am Ende alles in sich zusammenbrach und sie vor dem nächsten Scherbenhaufen stand. Beth und Maria standen neben ihr und hielten Menschen mit Blicken davon ab, Kim ihr Mitgefühl auszusprechen. Dafür war sie ihnen dankbar, nur zeigen konnte sie es nicht.

Es war schon dunkel. Noch immer kamen und gingen Menschen auf den Friedhof. Die zwei Frauen mussten bis weit in die Nacht warten, um sicher zu sein, dass sie nicht gesehen würden. Sie knieten vor dem Grab nieder, das mit Unmengen an Blumen bedeckt war. Eine holte eine eiserne Schale aus ihrer Tasche und legte einige zerknüllte und beschriebene Blätter hinein. Die andere nahm ein Streichholz und zündete den kleinen Berg an. Das Papier krümmte sich in der Hitze des Feuers, dessen Flamme immer wieder Worte oder halbe Sätze erleuchteten, als wären sie eine letzte Mahnung. „ANGST" stand da. Groß, über eine ganze Seite geschrieben und sicher einhundert Male nachgezeichnet oder „mit Matt das Kleid in den Eim" konnten die beiden Frauen ein letztes Mal lesen. Genauso Worte, die sich im Text stets wiederholten wie: „beschützen", „mein Junge" oder „Mutter". Sie warteten, bis alle Blätter komplett verbrannt waren. Als sie den Friedhof verließen, nahm eine die Hand der anderen und sagte: „Danke, Abigail, dass du mit mir hier warst!"

Es klingelte. Beth ging an die Tür, um Maria hereinzulassen. Sie hofften, dass ihr Plan aufgehen würde. Matt war nun schon über einen Monat tot. Aber Kims Zustand war praktisch unverändert. Die Übelkeit kam und ging alle paar Tage. Gesprochen hatte sie noch immer kein Wort.

„Weiß sie es endlich? Merkt sie etwas?", fragte Maria.

„Ich denke nicht. Aber wenigstens kann sie seit gestern wieder etwas Essen bei sich behalten."

„Ich sage es ihr auf der Fahrt."

„Aber bitte bevor ihr an Clearwater vorbei seid. Wer weiß, wie sie reagiert. Vielleicht brauchst du Hilfe."

„Das mache ich schon."

Die beiden hatten einen verwegenen Plan geschmiedet. Maria sollte mit Kim für sehr lange Zeit verreisen. Sie musste fort von hier. Sehr dringend sogar. Nur nicht für immer, denn das wollte niemand. Zu sehr hatten sie Kim in ihre Herzen geschlossen. Sie hofften, dass sie an einem anderen Ort wieder zu sich kommen würde, um später in Riverside noch einmal von vorn anfangen zu können. Maria hatte all die Jahre heimlich Kontakt zu einer Cousine in Mexiko gehalten, dort sollte die Reise hingehen. Zu diesem Zweck hatte sie José ihre Tankstelle vermacht. Zu einem sehr günstigen Preis, mit der Auflage, dass er sich für die Zeit ihrer Abwesenheit um den Verkauf von Matts Elternhaus kümmern sollte. Außerdem musste das Haus von Bill und Charlene stets für ihre Rückkehr bereit sein.

Beth setzte sich zu Kim auf das Sofa. „Kim, Maria ist da und möchte dich gern mitnehmen. Ihr fahrt ein paar Tage weg. Ich habe alles für dich eingepackt. Deine Sachen sind schon im Auto." Alles, was sie zur Antwort bekam, war ein fragender Blick.

Maria trat vor Kim, nahm ihre Hand und zog sie vom Sofa. Sie zog sie bis zum Auto hinter sich her. Kim ließ es einfach geschehen. Nachdem Kim angeschnallt und die Tür geschlossen war, umarmten sich Beth und Maria zum Abschied.

„Wir warten hier auf euch. Vergiss das bitte nie!"

„Natürlich nicht."

Als sie die Brücke hinter sich gelassen hatten und in Richtung Clearwater abgebogen waren, fing Maria an zu reden: „Wenn du wüsstest, wo wir beide hinfahren, du würdest es nicht glauben."

Schweigend nahm Kim diese Information hin. Maria hatte keine Ahnung, wie sie ihr die andere Nachricht überbringen sollte. Doch diese war noch weitaus wichtiger als die, wohin ihre Reise gehen würde. Sie beschloss, Kim mit einem gewagten Satz aus der Reserve zu locken: „Schätzchen, ich kann nur ahnen, was in dir vorgeht. Aber glaube mir, es gibt Hoffnung. Ganz bestimmt gibt es Hoffnung. Es wird besser werden."

Kim blickte auf und sah sie aus rot umrandeten Augen wütend an. Was glaubte Maria, was es für Hoffnung geben sollte? Matt, ihr zweites Ich, war weg. Für immer und ohne jede Chance auf Wiederkehr. Wo sollte es da Hoffnung geben?

Maria fuhr an den Fahrbahnrand und stoppte den Wagen. Sie beugte sich zu Kim. „Du weißt es wirklich selbst noch nicht?" Ungläubige und immer wütendere Blicke trafen sie. Maria legte ihre Hand zärtlich auf Kims Bauch und streichelte ihn ganz sanft. „Ich weiß es aber und bin mir sicher. Die Hoffnung wächst in dir, meine Liebe." Sie nahm Kims Hände, um sie zu ihrem Bauch zu führen, damit sie sich endlich selbst spüren konnte. Dann fuhr sie wortlos weiter.

Nach einer sehr langen Weile sprach Kim ihre ersten Worte seit Wochen: „Wohin fahren wir?"

„Weg, Schätzchen! Ganz weit und ganz lange weg."

Epilog

2017

Beth hielt Pastor Sinclair die Autotür auf. Er kam seit einiger Zeit ab und an mit auf die Wache, um sich um die Deputies zu kümmern. Mittlerweile ging es allen wieder besser. Sie sollten schon bald in der Lage sein, sich um einen neuen Sheriff zu kümmern und neue Deputies einzustellen. Auf der Treppe zur Wache hielt Beth kurz inne und sah ihn an. Es fiel ihr noch immer schwer, diese Stufen mit der Gewissheit zu erklimmen, dass weder Matt noch Kim oder gar Bill darin auf sie warten würden. Der Pastor nahm ihre Hand und sie gingen hinein.

Paul und Evan saßen in der Wachstube.

„Guten Morgen!", sagte Beth.

Sie reagierten nicht. Still und mit leeren Blicken, saßen sie vor erkalteten Kaffeetassen. Aus einem der Büros war ein Weinen zu hören. Es war Till. Beth und Pastor Sinclair fanden ihn tränenüberströmt in einer Ecke auf dem Boden. In einer Hand hielt er eine Akte. Beth setzte sich zu ihm und nahm ihm die Akte aus der Hand. Es war der Abschlussbericht des FBI über Matts Tod sowie die Morde an Richard Young und Stacey Crawley. Er musste heute Morgen mit dem Kurier gekommen sein. Beth überflog die Seite, die Till aufgeschlagen hatte, verlor den Halt und sank neben ihm zusammen.

Agent Dunham stieg gerade die Treppe zu seinem Büro im zweiten Stock hinauf, als das Telefon erneut klingelte.

Nachdem er eben sein Auto abgestellt hatte, hatte er es schon auf dem Parkplatz hören können. Es war ihm unverständlich, warum man ihn nicht auf dem Handy anrief, wenn es doch so dringend zu sein schien. „Ja, ja, ich komme ja schon!", entfuhr es ihm beim Aufschließen der Bürotür. „Dunham!", sagte er kurz angebunden, noch bevor der Hörer sein Ohr erreicht hatte.

„Agent Dunham, hier ist Andrew Sinclair aus Riverside!"

„Pastor. Guten Morgen. Was kann ich für Sie tun?"

„Nun, vielleicht können Sie mit ein paar Leuten kommen und uns beim Polizeidienst helfen. Wir haben leider im Moment keine Polizei mehr."

Die schlechten Nachrichten aus Riverside scheinen nicht abzureißen, schoss es Agent Dunham durch den Kopf. Er hoffte, dass sich nicht schon wieder jemand etwas angetan hatte.

„Was ist denn passiert? Wo sind die denn?"

„Sie sind alle hier und körperlich wohlauf, aber nicht einsatzfähig. Keiner von ihnen ist einsatzfähig", sagte er, während sein Blick noch einmal ungläubig auf den Abschnitt des Berichtes fiel, in dem zu lesen war: *„Bei den Flecken, die in der Küche, dem Flur, auf der Veranda, sowie im und um den Schuppen zu finden waren, handelt es sich ausnahmslos um Tränenflüssigkeit, die aufgrund von enthaltenen Hautschuppen mit an Sicherheit grenzender Wahrscheinlichkeit ausschließlich dem Opfer des Suizids zuzuordnen sind.*

Anmerkung: Unter normalen Umständen ist es unmöglich, dass ein Mensch allein in wenigen Stunden eine derartige Menge an Tränenflüssigkeit produzieren kann."

2020

Es war ein warmer Samstag im Mai. Der Fluss war schon länger nicht über die Ufer getreten und in der Stadt hatte sich eine allgemeine Entspannung breitgemacht. Man hatte den Eindruck, dass alle Menschen von Riverside draußen waren. Jeder suchte sich irgendeine Beschäftigung, deren Hauptziel es war, an der frischen Luft zu sein.

Kim hielt das Auto an, bevor sie die Brücke überqueren würden. Sie war sich nicht sicher, ob sie die Trauer nach über drei Jahren nicht doch wieder einholen könnte. Maria legte eine Hand auf ihr Bein und lächelte sie an, um ihr Mut zu machen.

„Sind wir da?", fragte Matt aus seinem Kindersitz auf der Rückbank.

„Bald, mein Herz, bald sind wir da."

„Bald da", wiederholte er halb abwesend, da er sich schon wieder mit seinem Polizeiauto beschäftigte.

„Ja, mein Schatz, bald sind wir drei in unserem Zuhause", sagte Maria.

„Alle drei", kommentierte Matt.

Sie fuhren weiter. Der Weg führte am Kirchplatz und am Rathaus vorbei, wo die Kastanien langsam Blätter bekamen. Sie hatten die Fenster vom Wagen heruntergelassen, denn man konnte den Sommer schon riechen. Alle Leute waren freundlich und schenkten den dreien mal ein Nicken, mal ein Lächeln, und manche winkten ihnen sogar zu.

Schließlich kamen sie zu dem Haus, das Kim zum letzten Mal verlassen hatte, als sie zu Matt fahren wollte, um zu sehen, warum er nicht nach Hause gekommen war. Sie stiegen erst aus, nachdem sich die kleine Staubwolke, die das Auto beim Anhalten aufwirbelte, wieder gelegt hatte.

Nun stand Kim erneut vor dem Haus, das ihre Zukunft sein sollte. Eine andere Zukunft dieses Mal. Auch heute fand sie keinen Fehler. Aber eine tiefe Sehnsucht, die niemals gestillt werden würde. Sie hielt Maria an ihrer linken und Matt an ihrer rechten Hand. Kim nahm einen tiefen Atemzug, um die Frühlingsluft in sich aufzunehmen und um sich etwas mehr Mut zu machen. Matt tat es ihr gleich und strahlte seine Mum dabei an. Dann gingen sie hinein.

Ende

Danksagung

Mein erster Roman. Eigentlich mein erstes Buch, aber dann hat mein Gedichtband „Sehnsucht" diesen Roman einfach mal auf der Zielgeraden überholt.

Ich würde zu gerne alle Menschen aufzählen, die mich auf der Reise des Schreibens unterstützt haben. Aber es wären einfach zu viele und ich könnte den einen oder anderen dabei tatsächlich vergessen.

Also zunächst einmal ein Dankeschön an alle, die ich anfänglich mit meiner Euphorie und mit schlechten Entwürfen genervt habe. Ihr habt mir trotzdem Mut gemacht und mein schlechtes Gewissen ist deswegen immer noch ziemlich groß.

Danke auch an die unzähligen Testleser und ihre inspirierenden Kritiken. Ohne euch wäre dieses Buch um einiges ärmer geworden. Ein ganzes Kapitel und diverse Absätze sind nur durch euch entstanden.

Wieder einmal geht ein Dankeschön an die Admins und Mitglieder der Autorengruppe auf Facebook. Unendlich viele Tipps und Anregungen haben mitgeholfen, dieses Buch fertigzustellen.

Danke auch an meine lieb gewonnene Korrektorin Katharina. Du warst stets abrufbereit, um Fragen zu beantworten. Mögest du mir meine schlechte Interpunktion nachsehen.

Danke an Ronny für dieses großartige Cover.

Zwei Menschen haben sich von Anfang an mit mir zusammen in dieses Abenteuer gestürzt, sind mir nicht von der Seite gewichen und haben ihre Freizeit dafür geopfert, dass ich meinen Traum vom Buch verwirklichen konnte.

Danke, Anja!

Danke, Daniela!